व्यक्ति-निर्माण
से
राष्ट्र-निर्माण

व्यक्ति-निर्माण से राष्ट्र-निर्माण

अरविंद पांडेय

प्रभात पेपरबैक्स
www.prabhatbooks.com

प्रकाशक
प्रभात पेपरबैक्स
प्रभात प्रकाशन प्रा. लि. का उपक्रम
4/19 आसफ अली रोड, नई दिल्ली–110002
फोन : 23289777 • हेल्पलाइन नं. : 7827007777
इ–मेल : prabhatbooks@gmail.com ❖ वेब ठिकाना : www.prabhatbooks.com

संस्करण
प्रथम, 2021

मूल्य
दो सौ रुपए

मुद्रक
आर–टेक ऑफसेट प्रिंटर्स, दिल्ली

★

VYAKTI-NIRMAN SE RASHTRA-NIRMAN
by Shri Arvind Pandey

Published by **PRABHAT PAPERBACKS**
An imprint of Prabhat Prakashan Pvt. Ltd.
4/19 Asaf Ali Road, New Delhi-110002

ISBN 978-93-90900-83-1

₹ 200.00

अभिमत

अत्यंत हर्ष का विषय है कि श्री अरविंद पांडेय की पुस्तक 'व्यक्ति-निर्माण से राष्ट्र-निर्माण' प्रकाशित हो रही है। सत्य कहा है कि 'राष्ट्र प्रथम-राष्ट्र अंत' की अनुभूति सच्चे मानव होने का आभास कराती है। तभी समस्याओं का योग्य समाधान होने का मार्ग निकलता है। व्यक्ति, परिवार, समाज, देश से जुड़ी उलझनों को सहज सुलझाने की क्षमता का विकास होता है। उदाहरणस्वरूप—(क) ईश्वर के आत्मा रूपी स्वर्ग, नरक के संसार से हम ईश्वर के मानव रूपी संसार में आते हैं। कुछ वर्षों का जीवन जीने के पश्चात् इस मानव रूपी संसार से पुनः मृत्यु के पश्चात् हम आत्मा रूपी संसार में जाते हैं। इस आवागमन का आधारभूत मार्ग राष्ट्र, यानी देश, यानी मातृभूमि (भारतमाता—पृथ्वी माता का भूभाग) है। (ख) माँ की कोख से जन्म लेने के पश्चात् हमारे पालन-पोषण, विकास एवं मृत्यु, यानी जन्म से मृत्यु तक की यात्रा का आधार मातृभूमि, यानी राष्ट्र है। इसी की गोद में आते हैं और इसी की गोद में समा जाते हैं। (ग) जितने वर्ष भी हम मानव रूप में इस संसार में जन्म से मृत्यु तक जीवन-यात्रा करते हैं, उस सबका आधार मातृभूमि (भारतमाता), यानी देश, यानी राष्ट्र है। सबकुछ करने व पाने का आधार भी राष्ट्र है। अपने इष्ट चाहे सृष्टि के रचनाकार, पालनहार व उद्धारक हैं, उनके पूजा-स्थल हों या किसी भी रूप में हों, उसका आधार भी देश (राष्ट्र) है, सब वस्तुएँ भी उसी से हैं। (घ) इस मानव संसार में हमारी पहचान जाति, पंथ (मजहब), दल, लिंग, भाषा-बोली, परंपराएँ आदि किसी से भी नहीं है,

केवल राष्ट्र (देश, मातृभूमि) से है। जैसे—अमेरिका से अमेरिकन, ब्रिटेन से ब्रिटिश, न कि ईसाई, कैथोलिक, प्रोटेस्टैंट आदि; ईरान से ईरानी, अरब से अरबी, न कि मुसलमान (मुगल) सुन्नी, शिया आदि; चीन से चीनी, रूस से रशियन, न कि कम्युनिस्ट आदि; जापान से जापानी, थाईलैंड से थाई, न कि बौद्ध, महायानी, थ्योरवादी आदि। इसी प्रकार से हमारे राष्ट्र व समाज के सर्वाधिक नाम हैं—आर्यवर्त से आर्य, भारत से भारतीय, हिंदुस्तान से हिंदुस्तानी, हिंद से हिंदू, इंडिया से इंडियन आदि। विश्व में मानवों की पहचान का फॉर्मूला राष्ट्र से ही है। इससे हम अपराध, हिंसा, व्यभिचार आदि से मुक्त होते हैं। आज के भौतिकवादी युग में चहुँओर मैं और मेरा पैकेज, मैं और मेरे परिवार में उपभोक्तावाद एवं भोगवाद का बोलबाला है, जिससे नवयुवकों में सही-गलत, सत्य-असत्य, नैतिकता-अनैतिकता, सदाचार-दुराचार आदि को जानने व समझने की शक्ति घटती जा रही है। विविधताओं को भिन्नता, यानी भेद बनाकर भड़काया जा रहा है। मानवीय संवेदनाएँ बिखर न जाएँ, इसकी चिंता खाए जा रही है। ऐसे में इस पुस्तक की विषय-वस्तु लेखक के अपने अनुभवों से योग्य मार्गदर्शन, कुशल व्यक्तित्व-निर्माण के साथ-साथ स्वार्थ से निस्स्वार्थ, यानी समाज व राष्ट्र की ओर बढ़ाने का सक्षम प्रयत्न है। विशेष रूप से लेखक ने युवा पीढ़ी को सामने रखकर लेखन किया है।

युवा पीढ़ी का वर्तमान में जाग्रत् होना, प्रेरित होना और सही दिशा में ऊर्जावान होना अत्यावश्यक है। खुशहाल व्यक्ति से ही खुशहाल समाज बनता है। स्वयं प्रसन्न रहो तथा दूसरों को प्रसन्नता दो, न कि स्वयं तनाव, हिंसा, शोषण में रहो तथा दूसरों को भी तनाव और हिंसा दो। ऐसे युवाओं से व्यक्तित्व बनता है, जो समृद्ध, समर्थ एवं आत्मनिर्भर राष्ट्र बनाते हैं। कहते हैं कि अहमियत और हैसियत का शत्रु अहं है। आप अहं छोड़कर देखिए, हैसियत बनी रहेगी और अहमियत बढ़ती जाएगी। प्रस्तुत पुस्तक में स्वयं के जीवन में घटित घटनाओं से प्राप्त सबक को कुशलता से सँजोया है। कुछ छोड़ने से ही कुछ प्राप्त होता है।

ध्यान रहे कि भारत राष्ट्र असेंबली राष्ट्र नहीं है। कारवाँ बसते गए, भारत

बनता गया, यह सोच असत्य, अपराधपूर्ण व दूषित है। भारत Integrated राष्ट्र है। मूल रूप से एक है। खिला, पनपा, अनेकता अर्थात् विविधताओं से भरा हुआ विविधताओं से युक्त है, न कि विवादों से, इस सत्य व सही को जानना, मानना आवश्यक है, नहीं तो दुर्घटना हो जाएगी। पुस्तक विचार-उत्पादन व कर्म करने की प्रेरणा देती है। सहज-सरल सद्गुणों का विकास व दुर्गुणों से मुक्ति का प्रयत्न है। लेखक अरविंद पांडेय को मेरी असीम शुभकामनाएँ। सभी भेद व विकारों से ऊपर उठकर हम सबका ऐसा निर्मल तन, मन, बुद्धि हो। बहुत-बहुत बधाई। सकारात्मक रूप में संगठित होकर किया गया प्रयत्न फलदायी होता है।

—इंद्रेश कुमार

लेखक की बात

व्यक्ति-निर्माण से व्यक्तित्व का निर्माण, व्यक्तित्व-निर्माण से नेतृत्व का निर्माण एवं नेतृत्व-निर्माण से राष्ट्र-निर्माण के इस चरणबद्ध अभियान को आप तक प्रेरक विचारों एवं बैठकों के माध्यम से अब तक रखता आ रहा हूँ। प्रेरक कथनों के माध्यम से संघर्ष की प्रयोगशाला में व्यक्ति नैतिक बल प्राप्त करते हुए सामूहिक समझ का विकास करके व्यक्तित्व का निर्माण करते हैं एवं व्यक्तित्व का विकास करके समवैचारिक समूहों में व्यक्ति नेतृत्व की स्थापना करता है। नेतृत्व सदैव सामाजिक परिदृश्यों के सापेक्ष में विचारणीय रहते हुए, सांगठनिक निर्णयों को आधार बनाकर अपनी मति से सबकी सहमति बनाते हुए, राष्ट्रवादी विचारकों को साथ लेकर राष्ट्र-निर्माण की कल्पना करता है।

अब तक विचारों का आदान-प्रदान लेख, कविता एवं प्रेरक कथनों के माध्यम से आपके बीच कर रहा था, उसका संकलित स्वरूप इस पुस्तक के माध्यम से आपको समर्पित करना चाहता हूँ।

अनुक्रम

व्यक्ति परिचय के संस्थापक

"व्यक्ति का स्वभाव उसके परिचय का मापदंड होता है और यह मापदंड संस्थापक ही तय करते हैं।"

व्यक्ति का स्वभाव उसका परिचय कराता है। सामान्यतया व्यक्ति अपने परिवारजनों, मित्रों एवं सहयोगियों के अलावा भी एक दुनिया को जानता है। अखबारवाला, दूधवाला एवं दुकानवाला या ऐसे बहुसंख्यक लोग, जिनका जीवन हमने कभी नजदीक से नहीं देखा है, हमने न ही बहुत किसी से इनके बारे में सुना है, कभी-कभी हम सबका नाम भी नहीं जानते, फिर भी हमारी आँखें इन्हें पहचानती हैं। व्यक्ति का चित्त उनको देखकर एक तय हरकत करने लगता है। हम उनके आकर्षण में आ जाते हैं। आप नहीं जानते कि यह आकर्षण क्या है ? यह हमारे स्वभाव का आकर्षण है, अर्थात् व्यक्ति का मूल स्वभाव ही उसका परिचय है।

हम बोल सकते हैं, हम चल सकते हैं, हम सुन सकते हैं इससे कहीं ज्यादा आवश्यक है कि हम समझ सकते हैं। हमारे स्वभाव की समझ को यदि हमारे शरीर ने स्वीकार कर लिया तो हम अकल्पनीय परिचय को प्राप्त होंगे। हम क्या हैं ? हमारी आय क्या है ? हमारी विरासत क्या है ? इन प्रश्नों से ज्यादा जरूरी है कि हमारा परिचय क्या है ? क्योंकि आपका परिचय ही आपका व्यक्तित्व है।

एक अजीब सामाजिक विडंबना है कि व्यक्ति अपने परिचय को बड़ी

जद्दोजहद के साथ बताना चाहता है। जबकि इसकी मान्यता एक परिचय प्राप्त व्यक्ति ही दे सकता है, क्योंकि परिचय रूपी सार्वभौमिक संस्था की सदस्यता बिना उसके वर्तमान सदस्यों के प्राप्त करना संभव नहीं है अर्थात् व्यक्ति के हर परिचय की स्थापना बिना संस्थापक संभव नहीं है। यहाँ हम यह कह सकते हैं कि परिचय का एक संस्थापक होता है और यही संस्थापक व्यक्ति के परिचय की दिशा और दशा दोनों तय करता है।

□

स्थापना का वर्ष

"जब समाज व्यक्ति की स्थापना कर देता है, तब वह स्थापना का वर्ष ही उसका संपूर्ण भविष्य तय करता है।"

व्यक्ति की प्रकृति उसका परिचय समाज से कराती है और यह परिचय समाज में उसकी स्थापना करता है। व्यक्ति स्थापना से पूर्व संघर्षों के माध्यम से जो नीति बनाता है, यह समय उन नीतियों को स्थापित करने का है और ऐसे मापदंड स्थापित करने का है, जिससे कम-से-कम इतना निश्चित हो जाए, जिससे हमारी आनेवाली पीढ़ियों का सफर आसान हो। व्यक्ति ने जिन आदर्शों एवं मूल्यों की वकालत करके अब तक का सफर पूर्ण किया है अथवा जो मापदंड स्वयं के लिए निर्धारित किया है, उसी मापदंड पर अपनों की अपेक्षा पर खरा उतरने का वर्ष स्थापना का वर्ष होता है।

व्यक्ति के लिए सबसे महत्त्वपूर्ण समय उसकी स्थापना का वर्ष होता है। यही वह समय है, जब वह अपने हर अच्छे-बुरे के लिए स्वयं जिम्मेदार होता है। जब व्यक्ति सफलता के शीर्ष की तरफ चढ़ रहा होता है, तब यही समय होता है, उसके द्वारा अपनों से किए गए वादे को पूरा करने का, उनकी उम्मीद को परवान चढ़ाने का। प्रकृति हमको अवसर देती है कुछ बेहतर करने का, अपनों को सपनों से जोड़ने का, सबसे समन्वय स्थापित करके ऐसे पथ निर्माण करने का, जिस पर चलनेवाला हर पथिक नया कीर्तिमान स्थापित कर सके।

यही समय है, जब हमारी पुरानी दुनिया के साथ ही हमारा परिचय एक नई दुनिया से होता है। हमारे ऊपर बड़ी जिम्मेदारी यह होती है कि हम नेतृत्व का आदर्श नए लोगों में भी स्थापित कर सकें। हम यह ध्यान रख सकें कि हमारे वह स्तंभ, जिन्होंने हमें स्तंभकार बनने का अवसर दिया है, उनके साथ पारदर्शिता रखते हुए, हम स्थापना के इस वर्ष में उनके समन्वय से राष्ट्र-निर्माण में लगे रहें।

□

स्वनिर्धारित दायित्व

"अपने द्वारा निर्धारित दायित्व का निर्धारण सबसे कठिन काम है, क्योंकि भटकाव इसका मूल कारण है, फिर भी दृढ़ इच्छाशक्ति से यह सरल हो सकता है।"

आदिकाल से यह परंपरा रही है कि एक समय के बाद व्यक्ति को अपना लक्ष्य स्वयं बनाना पड़ता है। लक्ष्य के प्रति योजना बनाना, उसको पाने के लिए गतिमान रहना यह सफलता के लिए आवश्यक होता है, लेकिन इससे भी ज्यादा अत्यावश्यक कार्य स्वयं के दायित्व का निर्धारण करना होता है। व्यक्ति अपने दायित्व का निर्धारण एवं उसका पालन किए बिना आदर्श कैसे प्रस्तुत कर पाएगा? अर्थात् व्यक्ति अपने लक्ष्य के प्रति सफल हो, इसके लिए स्वदायित्व का निर्धारण ही सफलता के मूल में होना चाहिए।

स्वदायित्व का निर्धारण करना आसान नहीं होता है। इसके लिए व्यक्ति को व्यक्तित्व के उन सभी कारकों को जानना और समझना होता है, जिसके रास्ते नेतृत्व का निर्माण होता है और नेतृत्व राष्ट्र कार्य को समर्पित होता है। व्यक्ति के स्वदायित्व के निर्धारण की जटिलता का प्रमुख कारण हमारी इंद्रियाँ हैं, ये इंद्रियाँ हमें हमारे सामर्थ्य के कार्यों तक सीमित करती हैं। ये इंद्रियाँ व्यक्ति भाव को प्रबल कर सत्य को स्वीकार करने से ज्यादा प्रदर्शित करने के लिए बल देने लगती हैं और यही प्रदर्शन हमें स्वदायित्व निर्धारण करने से रोकता है। व्यक्ति को उलझने-सुलझाने से ज्यादा इस बात पर बल देना

चाहिए कि इस उलझन का कारण क्या है? इसके कारकों में जाकर अपनी उन इंद्रियों को नियंत्रित करने की जरूरत है, जिसके नाते व्यक्ति बार-बार उलझन में पड़ जाता है, क्योंकि इन इंद्रियों से ही हम भाव का नियंत्रण करते हैं। इसके रास्ते व्यक्ति भटकाव से बचकर स्वदायित्व निर्धारण कर सकता है।

नेतृत्व का मतलब यह कदापि नहीं है कि वह आपकी मंजिल तय करे, वह आपको केवल रास्ते की जानकारी दे सकता है, आपका हमसफर बन सकता है, आपकी कल्पनाओं की उड़ान उड़ सकता है। उन कल्पनाओं को पूर्ण करना आपका कार्य है, उसका उत्तरदायित्व आपका है। व्यक्ति अपने दायित्व के अनुरूप कुशलता से काम करें। इसका आदर्श वह नेतृत्व के अपने स्वनिर्धारित दायित्व से ले सकता है, जबकि उसको अपने दायित्व में भी छोटे-छोटे स्वनिर्धारित दायित्व के माध्यम से निर्णय लेने की क्षमता एवं प्रतिभा का विकास करते रहना चाहिए।

व्यक्ति को स्वदायित्व निर्धारित करते समय उसके मूल में राष्ट्रवादी विचारधारा रखनी चाहिए। कभी-कभी दायित्व निर्धारित करते समय नेतृत्व योग्यता की जगह कृपापात्रता एवं कठिन-सरल के भेद में पड़ जाता है, जबकि उसके मन में सदैव शीर्ष नेतृत्व एवं राष्ट्रहित का ध्यान रखकर ही पक्षपात होना चाहिए। स्वदायित्व के निर्धारण में व्यक्ति को किसी प्रतिभा विशेष का ध्यान नहीं रखना चाहिए, बल्कि उसे स्वयं को दायित्व के आधार पर ढालने की प्रतिभा का विकास करना चाहिए।

□

व्यक्तित्व का निर्धारण

"व्यक्तित्व का कोई स्थायी निर्धारण नहीं होता है, महत्त्वपूर्ण यह भी है कि आपका व्यक्तित्व देखनेवाला कितना महत्त्वपूर्ण है।"

व्यक्ति से व्यक्तित्व के निर्धारण की प्रक्रिया इतनी जटिल है कि इसका आज तक कोई स्थायी मापदंड ही नहीं बन पाया है। व्यक्ति अलग-अलग विधाओं में अपने व्यक्तित्व का निर्माण करता है। वह व्यक्तित्व ही व्यक्ति के प्रति लोगों की राय का निर्धारण करता है। सबसे सुखद बात यह होती है कि व्यक्ति के निर्धारण की अदृश्य अवस्था को भी कुछ लोग नंगी आँख से देख पाते हैं और उसका वर्णन भी करते हैं। यह वर्णन सकारात्मक और नकारात्मक दोनों हो सकता है। यहाँ आपको विचलित होने की अपेक्षा निश्चित कार्य-योजना पर चलते रहना चाहिए, जिसकी समीक्षा कार्य-योजना पूर्ण होने के बाद होनी चाहिए। ऐसा करने से व्यक्तित्व का निर्माण स्वतः ही हो जाता है।

आपके जीवन में ऐसे बहुत लोग होंगे, जो आपका भला चाहते हैं, लेकिन आपके तरीके पर प्रश्नचिह्न खड़ा करते हैं और आपके व्यक्तित्व को एक नई दिशा देने का प्रयास करते हैं। यहाँ आपको यह जरूर ध्यान रखना है कि यह दिशा देने के विशेषज्ञ कितने महत्त्वपूर्ण हैं, क्योंकि व्यक्तित्व को इतनी दिशा दी जा चुकी है कि अब महत्त्वपूर्ण यह हो गया है कि आपका व्यक्तित्व देखनेवाला कितना महत्त्वपूर्ण है और वह आपको क्या दिशा दे सकता है।

व्यक्तित्व के आभामंडल का शृंगार, उसका परिचय संघर्ष, प्रेरणा, आदर्श, विनम्रता, शालीनता, नीति, नियति, नियंत्रण, स्नेहिल भाव के साथ निर्णय लेने में कठोरता और दया, करुणा की प्रधानता में होता है। आप इसमें जितना रंग भर सकते हैं, वही सब रंग आपके काम आएगा। यह व्यक्तित्व की रंगोली आपकी मुसकराती छवि में चार चाँद लगा देती है। फिर आप देखेंगे कि आपके व्यक्तित्व पर समीक्षा नहीं, बल्कि शोध होने लगेगा और उसका निर्धारण अनंत काल तक निर्बाध दिशा में होता रहेगा।

□

नियति निर्धारण

"प्रकृति द्वारा किया गया नियति का निर्धारण सदैव फलदायी होता है, आप अपना कर्म पूरे मनोयोग से करते रहिए।"

नियति शब्द को परिभाषित करना खुद नियति का नियंता बनने के बराबर है, इसलिए हम सिर्फ यही कह सकते हैं कि हम नियंता की नियति से ही इसका निर्धारण कर सकते हैं। व्यक्ति का नेतृत्व उसकी नीति का निर्धारण करता है और वह सफलता-असफलता से बिना डरे, अपने आप पर विश्वास करके पूर्ण मनोयोग से उस नीति पर चलने लगता है। यही विश्वास और मनोयोग ही उसकी नियति है एवं इसका निर्धारण ही नियति का निर्धारण है।

कर्मक्षेत्र में हमारा विश्वास ही सबसे बड़ा हथियार होता है और जब इस विश्वास में मनोयोग सम्मिलित हो जाता है, तब हम कहते हैं कि कर्म के प्रभाव से हाथ की लकीरें भी बदल जाती हैं। मनोयोग का उदाहरण लेने के लिए हमें 'दशरथ माझी' से प्रेरणा लेनी चाहिए कि कैसे उन्होंने कर्मबल से अपनी नियति का निर्धारण किया। संकल्प से सिद्धि तक निरंतर प्रयत्न ही तो नियति है।

आज हम जो भी कर रहे हैं, वही हमारे कल का निर्माण करेगा और हमारा कल ही हमारी नियति है। हमें आज को सुधारना है, हमें आज ही सुधरना है, हम आज से ही अपनी कार्यशैली का निर्धारण करेंगे, हम अपने विश्वास को पूरे मनोयोग से कहाँ लगाएँगे, यह भी हम आज ही तय करेंगे। हमें यह पूर्ण

विश्वास है कि प्रकृति ने हमारे लिए जो अवसर दिए हैं, अर्थात् जिस नियति का निर्धारण किया है, वह निश्चित ही फलदायी है। इसी विश्वास के साथ पूरे मनोयोग से हम आज ही अपनी नियति का निर्धारण करेंगे अर्थात् हम वर्तमान में ही अपनी नियति का निर्धारण करेंगे।

□

व्यक्तित्व का विकास

"व्यक्तित्व का विकास सदैव समूह में ही होता है,
यह निजता का अथवा व्यक्तिगत विषय कदापि नहीं है।"

"एक साथ हो जाना किसी कार्य की शुरुआत है और चंद कदम बढ़ा देना उस कार्य का विकास है।" उपरोक्त कथन आत्मसात् करने में सदैव हमें शुरुआत और विकास का बोध होता रहता है। व्यक्ति का परिचय, उसकी स्थापना, स्थापना के वर्ष से व्यक्तित्व का निर्धारण तो हो जाता है, लेकिन व्यक्तित्व का विकास एक प्रायोगिक प्रक्रिया है। व्यक्तित्व का निर्धारण करना एकल प्रक्रिया है, जबकि इसका विकास एक सामूहिक प्रक्रिया है। इसकी प्रायोगिकता समूह में ही संभव है, अर्थात् व्यक्तित्व के विकास का सीधा आशय सामूहिक प्रयास से है, यह निजता का विषय नहीं है।

"शिक्षा व्यक्ति का निर्माण करती है, जबकि समाज व्यक्तित्व का विकास करता है।" शिक्षा से हमें आदर्श, सिद्धांत एवं नैतिक बल मिलता है और इस नैतिक बल के सहारे हम अपनी कार्य-योजना बनाकर उसे फलीभूत करके व्यक्ति-निर्माण कर सकते हैं, जबकि हमारा समाज हमें अपने साथ-साथ काम करने का अवसर देकर नए अनुभवों को सिखाकर कर्म की बलिवेदी पर खड़ा करके हमारे व्यक्तित्व का निर्माण करता है। वहीं समाज हमारे अच्छे-बुरे का बोध कराता है और इसी बोध का शोध हमारे व्यक्तित्व का विकास करता है।

जड़ और चेतन यही दो अवस्था हैं, जो संसार का मूल हैं और इन्हीं दोनों

अवस्थाओं की समझ का विकास ही व्यक्तित्व का विकास है, अर्थात् यह कह सकते हैं कि व्यक्ति सांसारिक परिस्थितियों के प्रायोगिक ज्ञान से वर्तमान आभामंडल के प्रकाशपुंज में अपने व्यक्तित्व का विकास करता है।

□

जीवन-मूल्य

"जीवन-मूल्यों का निर्धारण स्थायी होना चाहिए, अस्थायी मूल्य एवं सिद्धांत अहितकर होते हैं।"

व्यक्ति के जीवन में कुछ भी स्थायी नहीं होता है। उसका जीवन सदैव सुखमय रहे, इसकी तो कल्पना मात्र ही की जा सकती है। यदि यह संभव हो भी गया तो यह बहुत ही नीरस होगा, क्योंकि जीवन की रंगोली तो उसके उतार-चढ़ाव से ही बनती है। उसके जीवन में स्थायी रहता है तो वह उसके आत्म अनुशासन से नियंत्रित होनेवाला उसका आदर्श और उससे निर्मित उसके जीवन का मूल्य अर्थात् जीवन-मूल्य ही ऐसी अवस्था है, जो व्यक्ति के जीवन में स्थायी रह सकता है।

जीवन-मूल्यों का निर्धारण करते समय व्यक्ति को अपनी गतिविधियाँ तय करना आवश्यक होता है, क्योंकि समसामयिक गतिविधि करनेवाले लोग कभी सिद्धांतों का अनुपालन नहीं कर पाते हैं। इस परिस्थिति में उनका व्यक्तित्व ही अस्थायी होता है। अस्थायी व्यक्तित्व कभी भी भाव की प्रधानता का बोध नहीं करा पाता, इसलिए हमको यह बारीक अंतर समझना पड़ेगा कि समसामयिक होना और सिद्धांतों के अनुपालन से मूल्यों का निर्धारण करना, यह दोनों अलग-अलग बातें हैं।

व्यक्ति को आदर्श, सिद्धांत के मेल से जीवन-मूल्यों का निर्धारण करना चाहिए और किसी भी परिस्थिति में जब उसके सिद्धांतों को कसौटी पर कसा जाए, तो वहाँ निश्चित ही जीवन-मूल्य प्रदर्शित होने चाहिए। किसी भी समय

हमारे मूल्यों में बदलाव नहीं होना चाहिए, अर्थात् हमें निर्धारण की अवस्था में ही अपनी क्षमता का सही आकलन करके अपने लक्ष्य की ओर अग्रसारित करनेवाले सिद्धांतों एवं मूल्यों का निर्धारण करना चाहिए, जो संपूर्ण जीवन-काल में हमारा चिरस्थायी जीवन-मूल्य हो।

□

संघर्ष

"व्यक्तित्व का निर्माण संघर्ष की गोद में होता है।"

संघर्ष, संघर्षी, संघर्षशील, परिश्रमी, मेहनतकश या ऐसे जितने भी शब्द हैं, यह सब निर्माण-काल की गोद में पलते हैं। निर्माण-काल वह कालखंड होता है, जब व्यक्ति अपनी मंजिल की तरफ कदम बढ़ा रहा होता है, योजना-दर-योजना छोटी-छोटी सफलता प्राप्त कर रहा होता है, लक्ष्य सदैव उसकी आँखों के सामने दिखाई देता रहता है और उस समय सहारा देने के लिए यदि कुछ रहता है, तो वह है हमारा संघर्ष।

गिरते-पड़ते, उठते-सँभलते जब व्यक्ति चलता रहता है तो गिरानेवालों का हौसला पस्त हो जाता है, क्योंकि उनका लक्ष्य आपको गिराना नहीं, बल्कि आपको हतोत्साहित करके इतना कमजोर कर देना है कि आप सकारात्मक विचारों के विषय में सोच भी न सकें। अगर इस घड़ी को आपने सँभाल लिया, तो समझो कि आपने संघर्ष की परिभाषा लिख दी। कभी-कभी हमें रास्ता समझ नहीं आता और हम परेशान हो उठते हैं, उस समय यह समझना चाहिए कि शायद रास्ता ही हमारी मंजिल है, अर्थात् अभी हमें लंबा संघर्ष करना है।

लक्ष्य, योजना, निरंतर प्रयास, धैर्य और आत्मविश्वास यह पंचशक्ति हमारे लिए संघर्ष-काल में सहयोगी की भूमिका अदा करती है। हमारे इरादे हिमालय का शीर्ष चूमते हैं, हमारे विचार सागर से भी गहरे होते हैं, हमारा लक्ष्य मछली की आँख से भी तेज हो, हमारी योजना लंका विजय जैसी हो,

हमारा विश्वास सकारात्मकता के परम वैभव पर हो, तो ऐसे में समवैचारिक परिवार में नेतृत्व के आदर्श की स्थापना करते हुए मंजिल जरूर मिलेगी, ऐसा निश्चित हो जाता है।

□

संघर्षों का जशन

"जब आपके संघर्ष में भी समाज ने सफलता देखना शुरू कर दिया, तो आपको भी उसका जश्न अवश्य मनाना चाहिए।"

व्यक्ति का संघर्ष उसके लक्ष्य के ऊपर निर्भर करता है, बड़े लक्ष्य के बीच संघर्षों का जश्न मनाना ही लक्ष्य की ओर अग्रसर कदम होता है। अर्थात् हम जब अपने लक्ष्य की ओर बढ़ रहे होते हैं तो बहुत सी छोटी-छोटी सफलताएँ हमको मिलती रहती हैं, उन सफलताओं में ही समाज हमको सफल मानना शुरू कर देता है और माने भी क्यों नहीं, जिसको आप संघर्ष का एक पायदान मान रहे हैं, वही समाज की बहुतायत आबादी का लक्ष्य है तो ऐसी दशा में हमसे अपेक्षा रखनेवाले एवं संघर्ष के साथियों के साथ जश्न जरूर मनाना चाहिए।

व्यक्ति अपने संघर्षपथ पर जब अग्रसर रहता है, तब उसे रास्ते में अनेक दायित्वों का पालन करना पड़ता है और वह दायित्व सामयिक, कार्य विशेष अथवा सांगठनिक हो सकता है। वह जब सफलतापूर्वक पूर्ण होता है तो लोग उसका भी जश्न मनाने लगते हैं। यह जश्न आपके सहयोगियों के लिए एक मनोबल का काम करता है। ऐसे समय में सहयोगियों को यह बोध कराना चाहिए कि मेरे दायित्व प्राप्ति अथवा इसकी पूर्णता से ज्यादा खुशी मुझे इस बात की है कि आप सबने एक बार फिर अपने संघर्षों का जश्न मनाया।

जिंदगी में कभी संघर्षों का पूर्ण विराम नहीं होता, यह निर्बाध रूप से नई

चुनौतियों के रूप में आता रहता है। हमें सदैव इसका सम्मान करते हुए इसको हमसफर के रूप में देखना चाहिए और सही मायने में कहिए तो संघर्षों को जश्न के रूप में देखना ही सफलता है।

□

अपेक्षा

"अपेक्षा मात्र दुःखों का कारण नहीं है,
अपितु यह तो अवसर का जनक है।"

अपेक्षा वह अवस्था है, जिससे बचकर निकलना मनुष्य मात्र के लिए संभव नहीं है। प्रायः व्यक्ति नाम की मर्यादा में रहना पसंद करते हैं, ऐसे में अपेक्षा की मर्यादा यही है कि वह अपनी अपेक्षा स्वयं पूरा करें। व्यक्ति को इसमें कदापि नहीं उलझना चाहिए, क्योंकि इसकी पूर्ति में जो उलझा, वह पीछे छूट गया। यदि अपेक्षा अपनी पूर्ति स्वयं नहीं करती तो व्यक्ति को अपने लक्ष्य के प्रति नए अवसरों की तलाश कर, इससे आगे निकलकर सामाजिक परिकल्पनाओं का संधान करना चाहिए। यद्यपि व्यक्ति अपेक्षा को दुःखों का कारण मानता है, फिर भी व्यक्ति को यह कदाचित नहीं भूलना चाहिए कि अवसर का जनक भी यही अपेक्षा ही है।

मनसा, वाचा, कर्मणा—इन्हीं तीनों स्वरूपों में हमारी जीवन-रेखा है और इन्हीं तीनों स्वरूपों में व्यक्ति अपने भौतिक जीवन की अपेक्षा करता है। अपेक्षा का सीधा संबंध आवश्यकता से है। यदि व्यक्ति आवश्यक आवश्यकताओं की अपेक्षा करे तो वह काफी हद तक पूर्ण होता है, फिर चाहे वह भौतिक हो, व्यावहारिक हो या सांसारिक, किसी भी स्वरूप में हो।

व्यक्ति को कभी भी किसी कार्य के बदले कुछ प्राप्ति की अपेक्षा नहीं रखनी चाहिए। उसको मदद का स्वभाव बनाना चाहिए। मदद करते समय अपने-पराए, मित्र-शत्रु, कम-अधिक का भाव नहीं होना चाहिए, बल्कि यह

अपेक्षा रखनी चाहिए कि कर्म निष्फल नहीं होता है। व्यक्ति को यह सदैव ध्यान रखना चाहिए कि अपेक्षित गतिविधि उसके सापेक्ष कर्मों के फल से ही प्राप्त होती है, इसका दूसरा कोई मार्ग नहीं है। अतएव हमें स्वयं से सत्कर्मों की अपेक्षा रखनी चाहिए।

□

उपेक्षा

"उपेक्षा के चरम तक उसका आनंद लीजिए और यकीन मानिए, वही लोग आपसे अपेक्षा करेंगे, जो आज उपेक्षा कर रहे हैं।"

अक्षर ने कुछ ऐसे शब्द गढ़े हैं, जिनको सुनते ही मन अशांत, विचारों में विचलन, स्वभाव में उदासीनता, व्यवहार में शिथिलता आ जाती है। ऐसा ही एक शब्द है, जिसे उपेक्षा कहते हैं। उपेक्षा के विभिन्न प्रकारों में जिस एक भाव की समानता है, वह स्वयं से स्वयं की समीक्षा में अनुत्तीर्ण होने का भाव होता है। यह भाव सदैव हमें निराशा की तरफ ले जाता है, हमें वैचारिक रूप से कमजोर करके हमारा मनोबल गिराने के अपने मूल स्वभाव में आने लगता है। इस परिस्थिति में हर्ष और विषाद दोनों भविष्य के लिए अहितकर होते हैं तो हमें ऐसे समय में सर्वदा फलकारी अवस्था के आनंद का संधान करके अपनी कार्य-योजना का निर्माण करना चाहिए।

उपेक्षा शब्द आपकी योग्यता को दरशाता है, इसको ऐसे समझिए कि आप उपेक्षित तभी होते हैं, जब आपने कोई अपेक्षा की हो। अब आपकी अपेक्षा दो तरीके से होती है—पहला, आपने स्वयं अपनी योग्यता क्षमता के अनुरूप किसी लक्ष्य का निर्धारण किया हो अथवा दूसरा, आपने किसी उम्मीद को अपनी कृपापात्रता के अनुसार तय किया हो। दोनों ही स्थिति में उपेक्षा होने पर यह निश्चित हो जाता है कि आपने अपनी योजना-रचना से प्रयास किया,

अर्थात् आप उस अपेक्षा के योग्य थे, जिसकी आपने अपेक्षा किया अथवा जहाँ आप उपेक्षित किए गए।

उपेक्षा अपने चरम तक आनंद की विषय-वस्तु है। उपेक्षित करनेवाला व्यक्ति उपहास की प्रधानता में आनंद की अनुभूति करता है। यदि उसी आनंद को अपना हथियार बनाकर उपेक्षित व्यक्ति चरम सीमा तक उसका आनंद लेकर अपनी प्रतिभा का प्रदर्शन करें तो हम निश्चित रूप से यह दावा कर सकते हैं कि परिवर्तनशील प्रकृति में कल वही लोग आपसे अपेक्षा करेंगे, जो आज उपेक्षा कर रहे हैं।

□

सूक्ति वाक्य

"जब अक्षर ब्रह्म की साधना से शब्द का निर्माण होता है एवं वह वाक्यों में बदलकर सूक्ति वाक्य हो जाता है, तो सही मायने में अक्षर ब्रह्म की साधना पूर्ण होती है।"

हर वह अक्षर, जो शब्दों की मर्यादा में वाक्य बनता है एवं अक्षर ब्रह्म की साधना से सिद्ध होता है, उसे हम सूक्ति वाक्य कहते हैं। अध्ययन काल से हम सूक्ति के संदर्भ, प्रसंग, व्याख्या करते हुए, इसका भावार्थ निकालते रहते हैं। एक सूक्ति वाक्य का भावार्थ अलग-अलग भी निकलता है, क्योंकि मतावलंबी इसके प्रयोग के आधार पर इसका भावार्थ निकालते हैं।

सूक्ति वाक्य का महत्त्व अत्यंत गूढ़ है। उसका वर्णन जितना जटिल है, उसका प्रयोग उतना ही सरल है। आधुनिक भारत में व्यक्ति ने सूक्ति वाक्यों का आधुनिकीकरण कर दिया है। एक तरफ इसकी महत्ता को बढ़ाने पर व्यक्ति ने पूरा जोर दिया है तो दूसरी तरफ इसकी सरलता से उपलब्धता के चक्कर में इसे दीवारों की पेंटिंग की शोभा समझ लिया है। व्यक्ति इसको ऐसे कहीं लिख देता है, जैसे इसे लिखकर वह अपनी जिम्मेदारी से मुक्ति चाहता है, जबकि व्यक्ति द्वारा सूक्ति वाक्य समझकर आत्मसात् करना ही उसके व्यक्तित्व में चार चाँद लगाता है।

व्यक्ति के जीवन में जो अनुभव उसे प्राप्त होता है, उसमें यह विचारणीय है कि दीवार, बस, रेलवे, हवाई अड्डा, स्कूल, कॉलेज और ऐसी सभी जगहों पर जो वाक्य लिखा रहता है, वैसी घटनाओं का मिलान हमारे जीवन में

सामान्यतया देखने को मिलता है। व्यक्ति जब ऐसे सूक्ति वाक्य को आत्मसात् करके ऐसी अपनी घटनाओं से इसका तुलनात्मक अध्ययन करता है तो वह अपने जीवन की प्रायोगिकता में भी नए सूक्ति वाक्य का निर्माण करता है।

□

दृष्टिकोण

"प्रायः बड़े आवरण वाले व्यक्ति का दृष्टिकोण कमजोर व छोटा होता है, क्योंकि उसकी आँखें वह भी देखती हैं, जो होता ही नहीं है।"

व्यक्ति की दृष्टि उसको संसार के अनुभवों से परिचित कराती है और संसार के अनुभव से प्राप्त दिव्यदृष्टि ही उसका दृष्टिकोण निर्धारित करती है। यही दृष्टिकोण हमारे जीवन का संचालन करता है। व्यक्ति के आसपास, पड़ोस, मित्र, रिश्तेदार सब इसी दृष्टिकोण से ही निर्धारित होते हैं। व्यक्ति सामान्य जीवन में बहुत सी ऐसी गलतियाँ करता है, जिसका कारण सिर्फ उसका दृष्टिदोष ही होता है। यहाँ दृष्टिदोष से तात्पर्य किसी भी कार्य के लिए बिना कार्य–योजना का दृष्टिकोण निर्धारित करना है।

जीवन के उतार–चढ़ाव में व्यक्ति जब मंजिल के नजदीक पहुँचता है, तब उसके पास पर्याप्त अनुभव होते हैं। उन अनुभवों के साक्षी के रूप में उसके अग्निपथ के सहयोगी भी उसके साथ मौजूद होते हैं तो कुछ ऐसे लोग, जिन्होंने कम समय में अपनी विलक्षण प्रतिभा से एवं समवैचारिक होने के नाते उसको प्रभावित किया है, ऐसे लोग भी होते हैं। व्यक्ति की सफलताओं में यह सभी लोग मिलकर उसका दृष्टिकोण तय करते हैं। वह वही सुनना और समझना पसंद करता है, जो ये सभी लोग कहना या समझाना चाहते हैं, अर्थात् यहाँ नेतृत्व अथवा बड़े आवरण वाले व्यक्ति अथवा उसकी दृष्टि कमजोर हो जाती है, क्योंकि उसे वह सबकुछ देखता है अथवा दिखाया या सुनाया जाता

है, जो प्राय: घटित ही नहीं होता है।

व्यक्ति को दृष्टिकोण स्वयं से निर्धारित करना होता है और यह ध्यान में रखना होता है कि इसमें हस्तक्षेप किसी भी दशा में नहीं होना चाहिए। समय-समय पर इसकी समीक्षा आवश्यक है, लेकिन समीक्षक वही होना चाहिए, जो आपके दृष्टिकोण का साक्षी हो। जब कभी हमें निर्णय लेने में असुविधा हो तो उस समय हमारा दृष्टिकोण राष्ट्रहित का ही होना चाहिए, क्योंकि राष्ट्रहित में ही हम सबका हित है।

□

सहयोग से सामर्थ्य तक

"आपके सहयोग करने की क्षमता ही आपका सामर्थ्य है, अर्थात् सहयोग ही सामर्थ्य का विकास करता है।"

मनुष्य स्थिति-परिस्थिति का दास होता है। ये परिस्थितियाँ कभी हमारे अनुकूल होती हैं, तो कभी प्रतिकूल रहती हैं। ऐसा भी नहीं है कि किसी एक व्यक्ति की परिस्थितियाँ सदैव अनुकूल और किसी एक की सदैव प्रतिकूल रहती हैं। हम अपनी परिस्थितियों को सदैव अनुकूल बनाए रखना चाहते हैं तो उसका सिर्फ एक रास्ता है, वह यह है कि हम अपने अंतर्मन में परस्पर सहयोग की प्रधानता बनाए रखें। सहयोग से हम एक-दूसरे को विपरीत परिस्थितियों में भी जीने की नई राह दिखा सकते हैं।

व्यक्ति सहयोग को मानसिक, शारीरिक, आर्थिक अवस्था में बाँटकर रखता है और इसकी निर्भरता सामर्थ्य से समझते हैं। शास्त्रों में भी हमें अपने सामर्थ्य का दसांश खर्च करने के लिए कहा गया है और यह दसांश सिर्फ हमारे अर्थोपार्जन के लिए है, अर्थात् हमारी कमाई का दसांश है। मेरा मत है कि व्यक्ति के सहयोग की सीमा पूर्णतया आपके सामर्थ्य पर निर्भर करती है, क्योंकि मानसिक एवं शारीरिक सहयोग तो हम असीमित अवस्था तक कर सकते हैं।

कभी-कभी व्यक्ति को ऐसी स्थिति का सामना करना पड़ता है कि जब मदद लेनेवाले व्यक्ति, संस्थान अथवा राष्ट्र की जरूरत पूर्ण करने के लिए हमें अपने संपूर्ण सामर्थ्य से सहयोग करना पड़ता है। यह वह अवस्था होती है,

जब हमारे सामर्थ्य का विकास होता है, हम अपने सहयोग करने की क्षमता का सही आकलन कर पाते हैं और यह आकलन है—हमारे द्वारा किए गए सहयोग से किसी ऐसे संकल्प की पूर्णता से, जहाँ हमें यज्ञ के होता का फल मिलता है। यही फल हमारी सामूहिक सामर्थ्य का द्योतक है, जहाँ हम सामर्थ्य से सहयोग नहीं, अपितु सहयोग से सामर्थ्य की कल्पना कर पाते हैं।

□

भाग्य निर्माता

"किसी भ्रम में मत रहिए, आपके भाग्य का निर्माता कोई और नहीं, बल्कि आप हैं।"

नियंता सबकी सुनता है—"ऊपरवाला जिसको देता है, छप्पर फाड़कर देता है।" भाग्य के भरोसे बैठकर सिर्फ इन बातों के सहारे न रहिए, बल्कि यह सोचिए कि नियंता ने मेरे लिए यह तय किया है कि मेरे कर्मों के आधार पर मेरे भाग्य का निर्माण होगा। आप अपने अंतर्मन में इस भावना की प्रधानता रखिए कि मेरा कर्म ही मेरा भाग्य है, इसको ऐसे समझिए कि हमारे भाग्य का योग शत-प्रतिशत भी हो तो कर्म की शून्यता उसके गुणांक को शून्य कर देती है। हम प्रायः यह सुनते हैं कि हमारे कर्मों से हमारे हाथ की भाग्य-रेखा भी बदल जाती है, अर्थात् हमको सदैव इस बात का भान रखना चाहिए कि हमारे भाग्य के निर्माता हम स्वयं हैं।

कभी-कभी हमें ऐसा लगता है कि हमारी मेहनत बेकार जा रही है। हम हताशा, उदासी, निराशा के जाल में फँसने लगते हैं और हम पानी पी-पीकर अपने भाग्य को कोसते हैं। भाग्य को दोष देकर हम अपने को ढाढ़स तो बँधा सकते हैं, लेकिन यह ढाढ़स अंतिम विकल्प नहीं है, बल्कि यह आपके कर्मों पर लगनेवाला प्रश्नचिह्न जरूर है। हमें सदैव अपने कर्मों की समीक्षा करके वर्तमान को भाग्य मानकर परिस्थितियों से बाहर निकलने का प्रयास करना चाहिए और यही प्रयास आपके भाग्य का निर्माण करता है।

हमारे देश में युवाओं को 'भारत भाग्यविधाता' कहा जाता है, अर्थात्

देश, काल, परिस्थिति के हिसाब से अलग-अलग विधाता ही भाग्य का नियंत्रण अथवा संचालन करते हैं। यह संचालन कर्म के आधार पर निर्भर होता है। इस कथन से यह भी आशय स्पष्ट होता है कि भाग्य का भी कोई विधाता होता है और विधाता हमारे सद्गुणों से भरे कर्मों से ही भाग्य की नियति तय करता है। यहाँ नियति निर्धारण का सिद्धांत यह अनुकरण कराता है कि कर्म की नियति ही भाग्य है और इसके निर्माता कोई और नहीं, बल्कि आप हैं।

□

भाव-संवेदना

"आपके चाहनेवाले का भाव जब बाजार-भाव के हिसाब से बदल जाए, तो समझ जाइए कि भाव-संवेदना की शून्यता ने अपना स्थान बना लिया है।"

भारतीय संस्कृति में भाव-संवेदना की प्रधानता रही है। व्यक्ति के कर्मों का प्रभाव भाव के अनुसार अलग-अलग हो जाता है। यहाँ एक ही शब्द का अर्थ भाव के हिसाब से बदलता रहता है। भाव की महत्ता को हम ऐसे भी समझ सकते हैं कि अध्ययन काल के दौरान भी हम संबंधित विषय का भावार्थ ही समझते हैं और इसे लिखते-पढ़ते भी हैं। संवेदनाएँ ऐसी होती हैं, जो भाव के साथ मिलकर आदर्श चरित्र का निर्माण करती हैं।

चरित्र-निर्माण के समय सदैव भाव और संवेदनाएँ महत्त्वपूर्ण कारक रहे हैं, जबकि आज के समय में इसकी रचना ही परिवर्तित हो चुकी है। लोग एक-दूसरे के प्रति भाव नहीं, बल्कि मोल-भाव का हिसाब बाजार भाव के हिसाब से लगाने लगे हैं। आज समाज भावमुक्त होता जा रहा है। मानवीय संवेदनाएँ शून्यता की तरफ बढ़ती जा रही हैं। हमारे आसपास इस मानसिकता के लोगों ने विस्तार कर लिया है, जिनका कोई आदर्श नहीं है। यहाँ समवैचारिकता के भाव का अभाव हो रहा है।

यह परिस्थितियाँ एक दिन में नहीं बनतीं, धीरे-धीरे हमारे द्वारा ही इसका निर्माण होता है। जब हम संबंधों में विश्वास को तरजीह देना बंद कर देते हैं और विश्वास रूपी संजीवनी की जगह नफा-नुकसान की पद्धति से इसको

सींचना शुरू करते हैं तो सही मायने में हम इसी समय भाव-संवेदनाओं के अभाव को जन्म देते हैं। हर क्रिया की प्रतिक्रिया होती है और इसी प्रतिक्रिया में हमारे चाहनेवालों का भाव भी अनापेक्षित रूप से बाजार-भाव के हिसाब से बदलने लगे तो वहाँ हमें यह समझ लेना चाहिए कि यहाँ भाव-संवेदना शून्यता ने अपना स्थान बना लिया है।

□

कल्पना

"व्यक्ति को काल्पनिक अवस्था में रहना चाहिए और बड़ी-से-बड़ी कल्पनाओं को साकार करने की योजना पर निरंतर हार-जीत के भय के बिना काम करते रहना चाहिए।"

व्यक्ति की कल्पना ही उसकी निधि है, जब व्यक्ति किसी भी अवस्था अथवा लक्ष्य को कल्पना के रूप में स्वीकार करता है तो वह सही समय होता है, उसके सपनों को पंख देने का, उड़ने का और कर्म पथ की उन कल्पनाओं पर पूरे मनोयोग से काम करके उन्हें चरितार्थ करने का। कभी-कभी जो कल्पना व्यक्ति करता है, उसको पूरा नहीं कर पाता, तब इसका मतलब यह नहीं है कि वह कल्पनाओं में जीना छोड़ दे, वह सपना देखना छोड़ दें या फिर यह समझौता कर लें कि उसका वर्तमान ही उसका भविष्य है। उसे अटल बिहारी वाजपेयी की उस पंक्ति को याद करना चाहिए, जिसमें उन्होंने कहा था—"आदमी को चाहिए कि वह परिस्थितियों से लड़े, एक स्वप्न टूटे तो दूसरा गढ़े।" इसे आत्मसात् करके मजबूत इरादों से हमें नए स्वप्न गढ़ना जारी रखना चाहिए और यकीन मानिए, एक दिन आपके सारे सपने एक साथ हकीकत होते दिखाई देंगे। आज जो हमारे पास है, हो सकता है कि कल न हो, लेकिन यदि कल्पनाएँ जीवित हैं तो कल वह सबकुछ होगा, जो आज तक सिर्फ कल्पना मात्र ही है। व्यक्ति के आसपास जो लोग हैं, वह उसकी कल्पनाओं को पूर्ण कभी नहीं करेंगे, बल्कि वह सहयोगी बन सकते

हैं। व्यक्ति को यह मानकर काम करना चाहिए कि उन साथियों का सहयोग ही हमारा सामर्थ्य भी है और संबल भी है। यह विश्वास ही हमारी कल्पनाओं को साकार करने का एकमात्र माध्यम है। ऐसे लोग, जो आपकी आँखों से अपनी कल्पना करते हैं, आपके जीवन में अपना जीवन समझते हैं और आपकी उपलब्धि ही अपनी उपलब्धि समझते हैं, उनके महत्त्व को बरकरार रखकर उनकी भावना का सम्मान करते रहिए। आपकी सभी कल्पनाएँ उनके हाथों से पूर्ण होंगी, इसका भरोसा रखिए।

संघर्ष के समय जीवन में हर दिन हजारों बार यह स्थिति बनती है कि सबकुछ खत्म होने जैसा लगने लगता है, लेकिन शायद आपकी कल्पना ही वह अमूल्य निधि है, जिसे खत्म नहीं किया जा सकता है। वह आपको फिर से तैयार करती है उस काल्पनिक स्वप्न को पूर्ण करने के लिए इसलिए हमें हार-जीत के भय के बिना काल्पनिक अवस्था में रहकर काम करते रहना चाहिए।

□

अविराम निश्चय

"निस्संदेह आप विजयी होंगे, क्योंकि आपने लक्ष्यप्राप्ति तक नहीं रुकने का निश्चय कर लिया है।"

जिंदगी की भाग-दौड़ में हम यहाँ तक पहुँच चुके हैं कि अब श्रम की कोई सीमा नहीं रही, क्योंकि जिन्हें हम श्रमिक या मजदूर कहते हैं, काम ही जिनका जीवन है, वह भी उतनी देर काम नहीं करते, जितनी देर आधुनिक नेतृत्वकर्ताओं अर्थात् राज्य अथवा देश के सर्वोच्च पदों पर आसीन महानुभाव कर रहे हैं। आज उनके आदर्शों का अनुसरण कर अपने लक्ष्य के लिए संकल्पवान लोगों ने कभी न थकने का व्रत उठा लिया है। जिम्मेदारियों के बोझ तले यदि पैर थक भी जाएँ, तो वह दिमागी कसरत करना बंद नहीं करते। अब तो यहाँ तक हो गया है कि नींद में भी बोलने की आदत वाले लोगों पर अध्ययन से पता चला कि नींद की अचेतन अवस्था में भी मस्तिष्क भविष्य की योजनाओं पर ही काम करता है और अनथक प्रयास ने विराम की परिभाषा को बदलकर लक्ष्य के प्रति अविराम निश्चय के रूप में परिवर्तित कर दिया है।

लक्ष्य को हम उसकी कार्य-योजना के अनुरूप पूर्ण कर सकें, ऐसा असंभव तो नहीं, लेकिन मुश्किल जरूर होता है, क्योंकि यह एकल प्रक्रिया नहीं होती, बल्कि इसे स्थान-स्थान पर अन्यान्य व्यक्तियों के सहयोग से पूर्ण करना होता है। अब हर व्यक्ति आपकी योजना के अनुरूप मिले तो बेहद आसान होता है, अन्यथा वहीं व्यक्ति आपके सामने सवाल खड़ा करता है, जिससे आप सहयोग की अपेक्षा किए रहते हैं। ऐसी स्थिति में हमारे द्वारा स्वयं

को परिस्थिति के हिसाब से ढालकर लक्ष्य प्राप्ति के लिए असंभव की सीमा तक निरंतर कार्य करते रहना ही अविराम निश्चय है।

हालात जब नियंत्रण में नहीं होते, ऐसा लगता है, जैसे मानो हमारी योजना धराशायी हो रही है, मंजिल बिल्कुल करीब दिखाई दे रही हो, लेकिन रास्ता न मिल रहा हो तो हमें भटकना नहीं चाहिए, क्योंकि ऐसी स्थिति में सिर्फ निरंतरता ही हमारा रास्ता होता है। निरंतरता का निश्चय लक्ष्य को ही अविराम कर देता है और वह अविराम निश्चय ही सफलता का मार्ग प्रशस्त करता है।

□

प्रयास

"आपके हुनर की कद्र हो या न हो, आपको प्रयास करते रहना चाहिए, क्योंकि प्रयास की एकरूपता परिणाम निश्चित देती है एवं आपका कोई एक प्रयास इतिहास बना सकता है।"

'हम प्रयास करेंगे' यह शब्द किसी नाउम्मीद व्यक्ति के जीवन में भी उम्मीदों का चिराग रोशन कर देता है। हम सबको यह शब्द बोलते रहना चाहिए, समझते रहना चाहिए एवं आगे भी इसका प्रयोग करने के लिए समवैचारिक सहयोगियों को प्रेरित करते रहना चाहिए। यह मात्र एक वाक्य नहीं है, बल्कि इसका आशय युग परिवर्तनकारी है। आप कल्पना करिए—यदि हताश, निराश व्यक्ति मात्र आपके इस वाक्य के सहारे नवजीवन की उम्मीद करता है तो उस समय यह वाक्य जीवनदायी बन जाता है।

बचपन में जब हम आभासी दुनिया को पहचानना शुरू करते हैं तो बोलने, समझने, चलने का जो अभ्यास करते हैं, वास्तव में उसी समय हम प्रयास करने के क्रम की शुरुआत करते हैं। वह क्रम हम जीवन के हर स्तर पर करते हैं, असंभव सी दिखनेवाली समस्याएँ भी हम प्रयास से दूर कर देते हैं। हम यह कह सकते हैं कि प्रयास करते रहने से हम नित नए ऐसे रास्तों, विधियों अथवा अवस्थाओं की खोज करते हैं, जिसके बारे में तब से पहले हमने कल्पना मात्र भी नहीं किया होता है।

प्रयास करते समय परिणाम का विचार मन में लाना ही नहीं चाहिए,

क्योंकि प्रयास शब्द निश्चितता नहीं, अपितु परिणाम से पहले की अवस्था है। यह सोचे बिना कि आगे क्या होगा, हमें अपना सकारात्मक प्रयास पूरे मनोयोग से करना चाहिए। क्योंकि मनोयोग से किया गया प्रयास फलदायी भी होता है और स्थायी भी। वस्तुतः व्यक्ति का स्वभाव होता है कि उसे अपने तय काम के अतिरिक्त कुछ दिखाई नहीं देता और उसे आपके प्रयास नहीं, बल्कि उसके परिणाम से ही मतलब होता है, लेकिन उस अवस्था में भी आपको यह कदाचित नहीं भूलना चाहिए कि आप अवस्थाओं के नियंत्रक नहीं हैं एवं मात्र प्रयास ही आपके वश में है।

□

अपूर्ण आवश्यकता

"आवश्यकता कभी न पूर्ण होनेवाली अवस्था है। इसकी पूर्ति ही इसका माँग-पत्र है।"

'आवश्यकता आविष्कार की जननी है।' उक्त कथन को चरितार्थ करते हुए यह कहना आसान हो जाता है कि आवश्यकता अपनी पूर्ति के लिए आविष्कार करवाती है। आविष्कार होने की प्रक्रिया के बाद भी आवश्यकता पूर्ण नहीं होती है। कभी-कभी हम अपनी आवश्यकता की पूर्ति के लिए जिस कार्य को कर रहे होते हैं, ठीक उसी समय हम उससे और बेहतर करने की कल्पना भी कर लेते हैं और फिर लग जाते हैं अपूर्ण आवश्यकता की पूर्ति करने के लिए। हमें आवश्यकताओं पर नियंत्रण रखना मात्र इसलिए नहीं आता, क्योंकि हम अपने मन को सही दिशा नहीं दे पाते हैं। मन को सही दिशा इसलिए नहीं पाते, क्योंकि कर्म पर हमारा नियंत्रण नहीं है। हम जब अपनी आवश्यकताओं को सीमित करना चाहते हैं तो उस समय कौन सा काम करना चाहिए और कौन सा काम नहीं करना चाहिए, इस उलझन में फँस जाते हैं। हम प्राथमिकताएँ तय नहीं कर पाते और उसके पीछे का जो सबसे बड़ा कारण है, वह यह है कि हमने अपने जीवन-मूल्य और सिद्धांतों का स्थायी निर्धारण ही नहीं किया। तो आइए, आज आपको आवश्यकताओं की पूर्ति का सरल और सीधा उपाय समझाने का प्रयास करता हूँ—"आवश्यकता कभी न पूर्ण होनेवाली अवस्था है। इसकी पूर्ति ही इसका माँग-पत्र है।"

उक्त कथन को जब मैंने लिखा तो उस समय कई स्वयं के सवालों

का उत्तर देना पड़ा, जैसे—मनुष्य किसी भी प्रकार की आवश्यकता को जिस समय पूर्ण कर रहा होता है, उसकी इच्छा उसी समय यह बन जाती है कि अगली बार हम इससे बेहतर करेंगे। जब हमने किसी आवश्यकता की पूर्ति की उसी समय उसी आवश्यकता का एक माँग-पत्र भी भर दिया। यह दुनिया की एकमात्र अवस्था है, जिसकी पूर्ति ही उसका माँग-पत्र है।

आवश्यकताओं को सीमित करने से आपका लक्ष्य छोटा न हो, इस बात का ध्यान रखते हुए हम आवश्यकता को दो भागों में विभाजित करते हैं—

1. आवश्यकता,
2. आवश्यक आवश्यकता।

हम आवश्यक आवश्यकता पूर्ण करके जब आवश्यकता पूर्ण करते हैं और लोग क्या सोचेंगे इस बात की परवाह किए बिना अपने काम पर ध्यान देते हैं तो आवश्यकता सीमित होने लगती है। आपका संसार बड़ा होने लगता है। इसके अलावा यदि आप इस अपूर्ण आवश्यकता को पूर्ण करने में लग जाएँगे तो विश्वास रखिए, आप खुद अपूर्ण सा महसूस करनेवाली अवस्था में चले जाएँगे और अपूर्ण आवश्यकता आगे बढ़कर अपूर्ण जीवन को चरितार्थ करने में लग जाएगी।

□

सलाहकार

"व्यक्ति हर परिस्थिति का सामना कर सकता है, यदि उसके सलाहकार उसके फैसलों के भागीदार हों और वह फैसले समाज के हित में हों एवं चाटुकारितारहित हों।"

जब हम किसी प्रकार की गतिविधि का विचार मन में करते हैं तो सबसे पहले हम अपने से योग्य व्यक्तियों एवं अपने शुभचिंतकों से जो परामर्श करते हैं, उसे हम सलाह कहते हैं। व्यक्ति के मूल स्वभाव में एक स्वभाव यह भी है कि वह एक-दूसरे से बातचीत के दौरान ही अपनी सारी बातें साझा करता है एवं उससे संबंधित प्रायोगिक अनुभवों के आधार पर आगे की योजना भी बनाता है। व्यक्ति अपने विश्वास की डोर जिसके भी हाथों में देता है, उससे वह सबकुछ साझा करता है, जो वह स्वयं के संज्ञान में रखता है। वह विश्वासपात्र व्यक्ति ही उसका सलाहकार होता है। वह अपनी निष्पक्ष विचारधारा से नैतिक सलाह देकर उसे समस्या से निकाल भी सकता है और चाटुकारितापूर्ण बातों से सिर्फ उसको खुश रखने तक की सलाहों से उसको पहले से भी ज्यादा परेशानी में डाल सकता है।

व्यक्ति के जीवन में उसके सलाहकारों का बड़ा महत्त्व है और यह महत्त्व तब और बड़ा हो जाता है, जब दूसरों के जीवन को प्रभावित करनेवाले महत्त्वपूर्ण निर्णय लेने होते हैं। प्रायः व्यक्ति के सलाहकार अपने-पराए, अच्छे-बुरे को ध्यान में रखते हैं, जबकि उसे ऐसी स्थिति में व्यक्ति, संस्थान अथवा संगठन, जिससे भी उस निर्णय का संबंध हो, उसके हित में योग्यता

को कृपापात्रता पर वरीयता देते हुए निर्णय लेना चाहिए। सलाहकार सिर्फ आदेश के पालन या चाटुकारिता के लिए नहीं, बल्कि अपने प्रयासों से व्यक्ति, संस्थान, संगठन की भलाई के लिए काम करनेवाला होना चाहिए।

सलाहकार के दायित्व का महत्त्व संवैधानिक है। केंद्र एवं राज्य की सरकारों के सर्वोच्च लोकतांत्रिक पदों पर बैठे व्यक्ति अथवा प्रशासनिक सेवा के उच्च पदों पर आसीन अधिकारी अब दोनों के सलाहकार के रूप में बाकायदा नियुक्तियाँ की जाती हैं। हमारे जीवन में सलाहकारों को स्वतंत्रता के साथ हमें सलाह देने की छूट देनी चाहिए। उनके मन में भय हो ऐसा कोई भी व्यवहार हमें नहीं करना चाहिए और स्वयं की समीक्षा के उपरांत ही किसी भी सलाह को लागू करना चाहिए।

□

समय की प्रतिबद्धता

"अपने दायित्व के अनुसार कार्य करना हमारी प्रकृति होनी चाहिए और उस कार्य को समय पर पूर्ण करना हमारी प्रतिबद्धता।"

समय को थोड़े शब्दों में सीमित करना संभव नहीं है, लेकिन जब समय का तात्पर्य उस शब्द के अस्तित्व अर्थात् किसी कार्य के समय पर पूर्ण होने की प्रतिबद्धता से हो तो यहाँ लिखना, समझना और इसका पालन करना जैसी सभी अवस्थाएँ व्यक्ति के द्वारा संभव है। हमें जीवन में वे सभी कार्य करने चाहिए, जिनकी कल्पना हमने राष्ट्रहित में किया हो। कार्य से हमारा तात्पर्य उसकी योजना, संसाधन एवं पूर्णता से है। इसका भाव कदाचित योजना का हिस्सा होना नहीं है, बल्कि संपूर्ण अवस्थाओं की समय-सीमा निर्धारण एवं समय की प्रतिबद्धता से है।

प्रायः व्यक्ति के दायित्व वह स्वयं निर्धारित नहीं करता है, लेकिन प्राप्त दायित्वों का निर्वहन बखूबी करता है। स्वनिर्धारित दायित्व प्रायः पूर्णता को प्राप्त नहीं होते हैं। यहाँ यह प्रमाणित हो जाता है कि स्वनिर्धारित दायत्व की अपेक्षा प्राप्त दायित्वों को पूर्ण करना आसान होता है। हमें प्राप्त दायित्वों में समय-सीमा की प्राथमिकता का खयाल रखना होता है और साथ ही हमारी जवाबदेही भी तय होती है। यह जवाबदेही यदि व्यक्ति के मूल स्वभाव में आ जाए और वह अपनी छोटी-बड़ी सभी आदतों में इसे अपना लें तो समय की प्रतिबद्धता की पूर्णता हो जाती है।

व्यक्ति का सहज, सरल, सुलभ होना उसको लोकप्रिय बना सकता है। कड़ी मेहनत से बहुत हद तक वह अपने कार्य की सिद्धि करके उसे पूर्ण भी कर सकता है। अपनी तर्कशैली और बुद्धिमत्ता से वह प्रमुख लोगों से देर होने का कारण भी स्पष्ट कर सकता है, जबकि तय सीमा में कार्य पूर्ण करने अथवा तय समय पर अपनी उपस्थिति दर्ज कराने से वह एक आदर्श प्रस्तुत कर सकता है और 'चलो हो जाएगा, आज नहीं तो कल होगा' ऐसी भावना में फँसे व्यक्तियों को समय की प्रतिबद्धता की अलिखित, अपठित परिभाषा भी समझा सकता है।

यहाँ अंतिम समय में ज्यादा ऊर्जा लगाकर कार्य पूर्ण करने की अपेक्षा प्राप्त दायित्व को योजनाबद्ध तरीके से पूर्ण करना ही समय की प्रतिबद्धता का आशय स्पष्ट करता है।

□

निर्माण-काल

"अपने लक्ष्य की प्राप्ति तक संघर्ष और उपलब्धियों को समान रूप से साधन मानकर निर्माण-काल में काम करने से सफलता सुनिश्चित होती है।"

जब हम अपने जीवन का लक्ष्य तय करके उस पर चल पड़ते हैं, तब से स्थापना तक के कालखंड को हम निर्माण-काल कहते हैं। छोटी-छोटी सफलताएँ मिलती हैं और उनको जोड़कर हम अपनी स्थापना करने में लग जाते हैं। संघर्ष को बौना साबित करने की जिद, कुछ कर गुजरने की ख्वाहिश आसमान से भी ऊँचा उड़ने की तमन्ना हमें सघर्ष करना सिखाती है और संघर्ष के इस क्षण को हम निर्माण-काल कहते हैं।

निर्माण-काल ऐसा कालखंड है, जो आपकी पहचान करवाता है, दुनिया की रस्मों से, उसके स्वरूपों से, लोगों के चेहरे के पीछे के मुखौटों से। अच्छे अच्छे-बुरे की पहचान भी इसी समय होती है। भयानक से भयानक स्वप्न एवं अकल्पनीय अद्‍भुत उपलब्धियों से भरा स्वप्न आपको दिन में दिखाई देने लगता है। अपने और पराए का फर्क हो या अजनबी का रहनुमा बनने का दौर, सब इसी कालखंड में हो जाता है।

कभी-कभी हमें लगने लगता है, हमारी उपलब्धि बहुत छोटी है, हमें और मेहनत करनी चाहिए। क्या आप जानते हैं, ऐसे भाव क्यों आते हैं? क्योंकि हमने अपने निर्माण-काल को पूर्ण होने से पहले ही सफलता और उपलब्धियों में बाँट दिया है। हमने निर्माण-काल के कालखंड की बजाय

सफलता और उपलब्धियों के कालखंड में विश्वास कर उसको बड़ा करने में समय देना शुरू कर दिया। हर लक्ष्य का अपना एक निर्माण–काल है, उसमें सफलता मात्र और मात्र साधन हो सकता है। निर्माण–काल की पूर्णता का संबंध सीधा–सीधा स्थापना से है।

हमें स्थापना तक निर्धारित लक्ष्य के प्रति बिना मूल्यांकन के कार्य करते रहना चाहिए। संघर्ष और उपलब्धि साधन है और यह साधन निर्माण काल की परिधि में बदलते रहते हैं। अतः हमें स्थापना तक निर्माण काल को स्वतंत्र अवस्था में पूर्ण करना चाहिए।

□

कर्म

"परिस्थितियाँ खुद के नियंत्रण में न हो तो स्वयं पर नियंत्रण करके कर्म की प्रधानता पर बल देना चाहिए।"

कर्म और भाग्य इन्हीं दो शब्दों की शाब्दिक चर्चा पूरे जीवन व्यक्ति करता रहता है। दोनों विषयों पर लगातार मंथन करके अपने-अपने दृष्टिकोण से हम इसकी परिभाषा बदलते रहते हैं। दोनों विषयों की चर्चा अनादिकाल से अब तक चली आ रही है। यह कहा जाता है कि कर्म और भाग्य एक-दूसरे के पूरक हैं। हम कर्म करते हैं और भाग्य के अनुसार हमें प्रतिफल मिलता है, इसलिए आपको अपना काम मन लगाकर यह मानकर करना चाहिए कि कर्म कभी निष्फल नहीं होता है।

जीवन में हम कर्म के प्रतिफल का अनुपात हमेशा लगाते रहते हैं और गुणात्मक अध्ययन में यह सोचते रहते हैं कि मुझे मेरी मेहनत से कम प्रतिफल तो सामनेवाले को मुझसे कम मेहनत में ज्यादा प्रतिफल मिला और ऐसा अर्थ लगाते हैं कि दोष मेरे भाग्य का है, जबकि ऐसा नहीं है। यहाँ इसको ऐसे समझिए कि हमारा भाग्य शत-प्रतिशत हो और कर्म शून्य हो तो गुणांक शून्य होगा और हमारा कर्म शत-प्रतिशत हो और भाग्य शून्य, फिर भी गुणांक शून्य होगा अर्थात् गुणात्मक प्रतिफल सदैव दोनों के मेलजोल से ही आता है। यहाँ भाग्य हमारे हाथ में नहीं है, अतः मुझे क्या मिला या क्या नहीं मिला, इन सवालों में उलझे बिना हमें अपने हिस्से के कर्म को ईमानदारी से करना चाहिए।

परिस्थितियों पर सदैव नियंत्रण हो, ऐसा संभव नहीं है और सबकुछ हो जाने दें, ऐसा सोचकर बैठना भी ठीक नहीं है, क्योंकि कर्म और भाग्य के भरोसे बैठनेवालों को कुछ हासिल नहीं होता और यदि हासिल हो भी जाता है तो वे स्वयं का आकलन नहीं कर पाते हैं। व्यक्ति को नेतृत्व निर्माण करके अपने अलौकिक व्यक्तित्व द्वारा कर्म की प्रधानता पर बल देना चाहिए।

□

आदर्श

“आदर्श व्यक्ति के मूल स्वभाव में होना चाहिए, यह किसी भी दशा में आकर्षण से प्रभावित नहीं होना चाहिए।”

व्यक्ति का जीवन अपूर्ण होता है और इस जीवन के कई रंग होते हैं। सुख-दुःख की परछाईं में जीवन को पूर्णतया आनंदमयी तो नहीं बनाया जा सकता, लेकिन कुछ हद तक हम जीवन को नियंत्रित कर सकते हैं। उसकी एकमात्र विधा है—जीवन में आदर्श की स्थापना। आदर्श की कोई स्थायी नियमावली नहीं होती है। यह स्वयं के द्वारा स्थापित किए गए वे मापदंड हैं, जो व्यक्ति द्वारा स्वयं के लिए किसी आदर्श पुरुष की प्रेरणा से बनाए गए हैं। आदर्श का निर्धारण जितना सरल होता है, जीवनपर्यंत आदर्श का पालन करना उतना ही जटिल होता है। कभी-कभी हम किसी की जीवन-शैली से प्रेरित होकर बिना सोचे समझे उसको अपना आदर्श बना लेते हैं। यह आदर्श नहीं, बल्कि आकर्षण होता है। आकर्षण कभी भी स्थायी नहीं होता, यह अल्पकालिक अवस्था होती है। आकर्षण आपको हमेशा अपनी तरफ खींचता है। यह आपको कभी आदर्श का निर्धारण ही नहीं करने देगा, इसलिए मेरा मत है कि आकर्षण में न पड़कर अपने मूल स्वभाव के अनुरूप व्यक्ति जीवन में आदर्श की स्थापना करनी चाहिए। आदर्श की मूल प्रवृत्ति किसी कार्य विशेष के लिए नहीं, बल्कि जीवनपर्यंत के लिए होती है, इसलिए आपको सदैव इस बड़े अंतर को समझना चाहिए। व्यक्ति जीवन का आदर्श और उस आदर्श में जीवन यह दोनों एक-दूसरे के पूरक हैं। मात्र दिखावे का

आदर्श व्यक्ति को अंदर से खोखला कर देगा, इसलिए आदर्श का निर्धारण करते समय ही उसके नैतिक मूल्यों की सीमाएँ भी तय कर लेनी चाहिए। इन्हीं नीति और मूल्यों के आधार पर व्यक्ति आकर्षण से बाहर निकलकर आदर्श की स्थापना कर पाता है। आदर्शवादिता यह कहती है, जिसके दिल में आपके लिए सम्मान है, उसका सम्मान आपके दिल में भी होना चाहिए। इसका उसके सामाजिक, आर्थिक या व्यक्तिगत जीवन से कोई लेना नहीं है। परस्पर प्रेम और त्याग की भावना ही आदर्श के मूल बिंदु होते हैं और यही वह मार्ग है, जिस पर चलकर हमारे द्वारा आदर्श की स्थापना होती है।

□

कार्य-योजना

"कार्य-योजना धैर्य का परिचायक होती है, अर्थात् कार्य-योजना जितनी बड़ी होगी, धैर्य उतना ही बड़ा होगा। कार्य-योजना पूरे मनोयोग से बनाई जाए तो बड़े-से-बड़ा लक्ष्य भी छोटा लगने लगता है।"

व्यक्ति जब कुछ करने की कल्पना करता है तब उस समय उससे संबंधित विचार उसके मन में आने लगता है। उसी विचार के समवैचारिक लोगों से संपर्क करके संबंधित कार्य को पूर्ण करने की जो रूपरेखा वह तय करता है, उसे कार्य-योजना कहते हैं। कार्य-योजना के विभिन्न स्वरूप होते हैं, जैसे हम किसी कार्य विशेष के लिए अल्पकालिक कार्य-योजना तथा जीवनोपयोगी सिद्धांतों पर दीर्घकालिक कार्य-योजना बनाते रहते हैं। मेरा मत है कि कार्य-योजना बनाते समय ही हम अपने लक्ष्य की नियति तय कर देते हैं। उसी समय यह तय हो जाता है कि कार्य-योजना पूरे मनोयोग से बनाई जाए, तो बड़े-से-बड़ा लक्ष्य भी छोटा लगने लगता है।

सांसारिक जीवन में प्रायः हम अपने स्वार्थ के वशीभूत होकर अपने निजी कार्य पर ध्यान केंद्रित कर देते हैं। कार्य और योजना शब्द को जब हम इसे मात्र कार्य और इसकी योजना तक सीमित कर देते हैं तो यही हमारी पहली चूक होती है। कार्य-योजना शब्द केवल अपने शब्दार्थों तक सीमित नहीं है, अपितु इसका अर्थ सीधा-सीधा भाववाद से संबंधित है। कार्य-योजना पूर्ण करने में हमें भूत के अनुभव, वर्तमान के अभ्यास और भविष्य की योजना

को अपेक्षा-उपेक्षा पर ध्यान केंद्रित करके सिद्ध करना होता है। यदि हम कार्य-योजना सिद्ध कर लेते हैं तो इसकी सफलता का रास्ता अपने आप खुल जाता है।

कार्य-योजना बनाने से हम मात्र कार्य सिद्ध नहीं करते हैं, बल्कि इस योजना के माध्यम से हमारे अंदर नवाचार की अनुभूति भी होती है। हम संघर्ष के समय हमेशा अल्पकालिक योजनाओं पर काम को प्राथमिकता देते हैं, जिसकी सफलता एवं असफलता दोनों में हमारे धैर्य का विकास नहीं हो पाता है। जीवन संचालन की छोटी कार्य-योजनाओं के साथ हमें एक दीर्घकालिक लक्ष्यपरक कार्य-योजना पर निरंतर काम करना चाहिए। कार्य-योजना जितनी बड़ी होगी, धैर्य उतना बड़ा होगा, अर्थात् कार्य-योजना धैर्य का परिचायक होती है और यह धैर्य भाव-संवेदना का परिचायक है, जबकि धैर्य की चैतन्यता सामान्य कार्य-योजना में भी हमारी सहायक होती है।

□

निरंतरता

"गिरना एक प्रक्रिया है, लेकिन गिरकर न उठना उस प्रक्रिया का अंत है, इसलिए गिरते-पड़ते ही सही, मगर चलते रहना चाहिए।"

जीवन-काल में आप सदैव सफलता की सीढ़ियाँ बिना किसी रुकावट के चढ़ते जाएँ, ऐसा संभव नहीं है। हमारे जीवन में रुकावट मात्र हमारा रास्ता रोकने आती है, ऐसा भी नहीं है। रुकावट हमें परिपूर्ण तो नहीं करती, लेकिन यह हमेशा हमारे जीवन की किताब में एक अध्याय जरूर जोड़ती है। ये रुकावटें हमें आगे बढ़कर स्थितियों को सँभालने का गुण भी सिखाती हैं। यह निर्भर आप पर करता है कि कठोर नियमों में उपबंधित इस खेल को आप खेलते कैसे हैं। यदि आप इस खेल को समझ गए, तो आप एक बेहतरीन खिलाड़ी की तरह हर मुश्किल गेंद पर रन बना सकते हैं। यह रन तभी बनेंगे, जब पिच पर आप बिना आउट हुए बने रहेंगे और दौड़ लगाते रहेंगे। लक्ष्य रूपी खेल में रन बनाना, दौड़ लगाना, अवसर खोजना यह तभी संभव है, जब आप निरंतर मैदान में बने रहेंगे अर्थात् यदि हम निरंतरता को जीवन का अंग बना लें तो खेल भी होगा और खेलने का मजा भी आएगा।

प्राय: हम गिरने से डरते हैं और उस समय यह भूल जाते हैं कि हम चलना ही गिरकर सीखते हैं और यदि हम गिरने से डरे होते तो शायद चलना भी नहीं जान पाते। आज जीवन में भी यही है कि हम कोई भी लक्ष्य तय करते समय पहले गिरने के विषय में सोचते हैं और यह सोचना जायज भी है, लेकिन

यदि हमने यह तय कर लिया है कि अब हम लक्ष्यपरक कार्य को करेंगे तो उस समय हमें मात्र लक्ष्य पर ध्यान करना चाहिए। उस समय हमारे रास्ते में लाख रुकावटें आएँगी और हमें गिराएँगी, लेकिन हमें बार-बार उठकर चलना होगा, क्योंकि गिरना एक प्रक्रिया है, लेकिन गिरकर न उठना उस प्रक्रिया का अंत है, इसलिए गिरते-पड़ते ही सही मगर चलते रहना चाहिए और यही चलते रहने की प्रवृत्ति ही निरंतरता का द्योतक है। यही निरंतरता हमारा मूल स्वभाव बन जाए तो हम बड़े-से-बड़ा लक्ष्य हासिल कर सकते हैं।

□

परिश्रम

"व्यक्ति को परिणाम की चिंता नहीं, अपितु परिश्रम की सार्थकता का प्रयास करना चाहिए।"

परिश्रम वह अभ्यास है, जिसे करने से हम सफल होंगे, ऐसा निश्चित तो नहीं है, लेकिन परिणाम परिश्रम से ही आते हैं, ऐसा निश्चित है। परिश्रम की सार्थकता मात्र परिणाम नहीं है, क्योंकि तय किए गए परिणाम के अतिरिक्त असफल होने पर भी कुछ नए लोग, नए रिश्ते, नए संबंध एवं नए अनुभव मिलते हैं। वह अनुभव भरे रिश्ते हमारे लिए सफलता के नए मार्ग प्रशस्त करते हैं, अर्थात् हमारे जीवन में परिश्रम केवल परिणाम तक ही सीमित नहीं है, बल्कि इसकी सार्थकता के विविध महत्त्व हैं।

लक्ष्य प्राप्त करने के लिए किए गए प्रयास को हम परिश्रम कहते हैं। बहुतायत लोग परिश्रम को सिर्फ शारीरिक मेहनत ही समझते हैं। परिश्रम शारीरिक, मानसिक हो या योजनागत हिस्से के रूप में अपने लिए निर्धारित दायित्व की पूर्ति मात्र हो, यह हर दशा में परिश्रम को ही परिभाषित करती है। रात में बिस्तर पर पड़ते ही आपको नींद आ जाए तो समझ लीजिए कि आपने मेहनत सही दिशा में किया है। इसका तात्पर्य यह नहीं कि हर सोनेवाला व्यक्ति परिश्रमी है, लेकिन परिश्रमी व्यक्ति को नींद आना भी परिश्रम की सार्थकता का ही द्योतक है।

निरंतर पथ पर अग्रसर रहनेवाले पथिक को दिन-रात नहीं सूझता है, वह मात्र चलना जानता है और शायद इसलिए उसे संघर्षपथ का पथिक भी कहा

जाता है। उसके पास सिर्फ दो ही विकल्प होते हैं—पहला, उसको उसके लक्ष्य की प्राप्ति हो जाए और दूसरा, वह तब तक मेहनत करता रहे, जब तक लक्ष्य की प्राप्ति न हो जाए। यही विकल्पहीनता उसको परिश्रम करने के लिए प्रेरित करती है और यह परिश्रम उसका परिचय ऐसी-ऐसी परिस्थितियों से कराता है, जिससे प्राप्त अनुभव इतना मूल्यवान होता है कि शायद लक्ष्य भी उसके सामने छोटा दिखने लगता है। यही परिश्रम की सार्थकता भी है और यही परिणाम भी है।

□

विरोध

"धरती पर विद्यमान जड़ और चेतन दोनों ही अवस्थाओं में विरोध स्वयं में ही निहित है और वही उसके अस्तित्व का कारण है।"

प्रत्येक क्रिया की एक प्रतिक्रिया होती है। यह वैज्ञानिक एवं पौराणिक दोनों ही पद्धतियों में प्रमाणित कथन है। इसकी प्रामाणिकता का आधार यह भी है कि जड़-चेतन के रूप में विद्यमान सभी सांसारिक गतिविधियाँ परस्पर विरोधी स्वभाव की हैं। इनकी महत्ता भी इनका विरोध है, यह परस्पर समगुणी हो जाएँगे तो इनकी महत्ता खत्म हो जाएगी, अर्थात् विरोध का स्वतंत्र अस्तित्व है और व्यक्ति को इसके अस्तित्व को स्वीकार कर इसका स्वागत करना चाहिए एवं राष्ट्रीय हितों का कार्य करते रहना चाहिए।

सफलता का एक हिस्सा विरोध भी है और इसे व्यक्ति को बिना बदले की भावना के पवित्र नीयत से स्वीकार करना चाहिए। सफलता का कोई मापदंड नहीं है। हर व्यक्ति अपने से सक्षम व्यक्ति को सफल समझ रहा है अर्थात् सफलता का व्यक्तिवार अलग-अलग मापदंड है। हमें विरोध को सफलता का हिस्सा समझना चाहिए और इसकी प्रतिक्रियाओं का सकारात्मक आनंद लेना चाहिए। कभी-कभी आपके शुभचिंतक भी क्षणिक विरोध के जाल में फँस जाते हैं। उस समय भी आपको समभावी रहने का परिचय देना चाहिए, क्योंकि आज के विरोधी ही कल के समर्थक हैं। यही वे लोग हैं, जो व्यक्ति को आगे बढ़ने का जुनून भी देते हैं और प्रेरणा भी।

जब कुछ पूर्व परिचितों के साथ ही अपरिचित व्यक्ति भी आपका विरोध करने लगे तो समझ लीजिए कि आप किसी सफलता के बेहद करीब हैं। व्यक्ति के जीवन में सिर्फ परिचित ही विरोधी हैं, ऐसा नहीं है, बल्कि यहाँ तमाम ऐसे अदृश्य उसके विरोधी होते हैं, जिनसे उसका कोई वास्ता ही नहीं होता, वह प्रकृति में हर रूप में विद्यमान हैं। वर्तमान समय का पर्यावरण, दूषित खानपान हमारी शारीरिक क्षमता का विरोध करते हैं, इन्हें पहचानकर स्वस्थ मस्तिष्क के लिए शारीरिक नकारात्मक कारकों को भी ठीक करना होगा। विरोध को सिर्फ विरोध के लिए नहीं करना चाहिए और यह ध्यान में रखना चाहिए कि व्याधिमुक्त शरीर ही विरोध झेलने में हमारी सहायता कर सकता है एवं व्याधिमुक्त विचार ही व्यक्ति को जीवन-दर्शन दे सकता है।

□

मित्र

"यह पूर्णतया आपके मित्रों के ऊपर निर्भर करता है कि आप नकारात्मक ऊर्जा से घिरे रहेंगे या सकारात्मकता के संसार का आनंद लेंगे।"

हमारा जन्म रिश्तों की परिधि में होता है, जहाँ हमारा जन्मदाता ही हमारा भगवान् होता है। हम चेतना से पहले अपनी श्रवण शक्ति से रिश्तों को महसूस करते हैं, आँखों से देखकर रिश्तों की भावनाओं को सीखते हैं। अपने बढ़ते क्रम में हम शारीरिक भाषा से रिश्तों के अलग-अलग अनुभव सीखते हैं। चैतन्यता का उद्भव होने के बाद हम महसूस करते हैं कि अचानक हमारे अंदर आकर्षण नामक एक नवीन अवस्था का प्रादुर्भाव होता है। जो भी वस्तु अथवा व्यक्ति हमको आकर्षित करता है, उससे हमें मोह होने लगता है और यह मोह हमें नए रिश्तों की तरफ ले जाता है। रिश्तों की दुनिया में हम अपनी तरफ से जिस जीवंत रिश्ते को जोड़ते हैं, उसे मित्र कहते हैं।

"मित्र ही मित्र का चित्र बनाता है और मित्र ही मित्र को विचित्र बनाता है।" जैसी प्रसिद्ध कहावतों के बीच एक नई धारणा ने जन्म लिया है, जिसमें यह प्रतिपादित होता है—"मित्र ही मित्र का चरित्र बनाता है।" हम जीवन में दैनिक, सामाजिक, व्यापारिक, रोजगार से संबंधित सलाह जिनसे लेते हैं, विश्वास जिन पर करते हैं, वहाँ समय के साथ हम ऐसे दौर में पहुँच जाते हैं, जहाँ हमारे सारे रिश्ते झूठे लगने लगते हैं और हमारा अच्छा-बुरा सब जिसके साथ बीतता है, वह सहयोगी, संरक्षक, अभिभावक सब हमारे मित्र हो जाते हैं।

जीवन में एक अवस्था ऐसी होती है, जब हम निराशा के आवरण में कुंठा से ग्रस्त हो जाते हैं। हम अपने ही सवालों के जवाब ढूँढ़ने में उलझ जाते हैं, वह सवाल जिसका जन्मदाता ही हमारा मित्र होता है, कुछ कही-अनकही घटनाओं के बीच तैरते यह सवाल आपको निराशा, हताशा के चरम तक ले जाते हैं। अब ऐसे समय में आपके मित्र के ऊपर यह निर्भर करता है कि आप नकारात्मक ऊर्जा से घिरकर सांसारिक मोह त्याग देंगे या सकारात्मकता के संसार का आनंद लेंगे, क्योंकि आपके जीवन-चरित्र के निर्माता आपके मित्र के अलावा इस कुंठा से निकालने के आध्यात्मिक, पारंपरिक, काल्पनिक मार्ग को अन्य कोई नहीं जानता है। हम यह कह सकते हैं कि ये सारे मार्ग मित्र में निहित हैं।

□

प्रतिभा

"प्रतिभा को खुलकर निखरने दीजिए और आनेवाली मुश्किलों का यह मानकर सामना करिए कि मुश्किलें ही आपको प्रतिभावान बनाती हैं।"

प्रतिभा कहने को एक शब्द है और समझिए तो एक शब्द में पूरी दुनिया है। यह वह अवस्था है, जिसके बल पर दुनिया चाँद-तारों तक पहुँच चुकी है। आदमी आसमान में उड़ रहा है। धरती अपने वजूद पर कायम है। प्रतिभा कभी छोटी-बड़ी नहीं होती, बल्कि इसका विकास इसकी परिस्थितियों एवं अवसर पर निर्भर करता है। प्रतिभा प्रायः एकल ही होती है, जो आगे चलकर संयुक्त प्रयास में बदल जाती है। कभी-कभी प्रतिभासंपन्न व्यक्ति को उपेक्षित कर कृपा-पात्रता को जगह मिल जाती है, मन घबराने लगता है, अंदर से बेचैनी आने लगती है, कुछ कर गुजरने की तमन्ना मन में उबाल मारने लगती है और यही वह समय है, जब प्रतिभा अपना शत-प्रतिशत देकर अपने को साबित कर सकती है। ऐसा सदियों से होता आया है और हर बार प्रतिभा ने अपने को प्रतिभावान बनाया है। मेरा मत है कि विपरीत परिस्थितियाँ ही प्रतिभा के प्रदर्शन का सबसे अनुकूल समय है। जब आपके अंदर की प्रतिभा आपको सत्कर्मों की तरफ उद्वेलित करती है, ठीक उसी समय समाज में व्याप्त आपके शुभचिंतक उसको रोकने की योजना बनाने लगते हैं, जबकि उनका आशय आपको रोकना नहीं, बल्कि आपको अपनी योजना से संचालित करना है। आपका भाग्यविधाता वही बनेंगे, ऐसा उन्होंने तय कर रखा है। उस समय जब

उनकी लाख कोशिशों के बावजूद प्रतिभा नियति द्वारा निर्धारित कार्यों में अपने को लगाने लगती है तो कई दोस्त दुश्मन और कई अजनबी दोस्त बन जाते हैं। यह परिस्थिति प्रतिभा को खुलकर निखरने का अवसर देती है। अभी आपने अपने अवसर पर पूरी लगन से काम करना शुरू ही किया था कि हर बार की तरह फिर वही लोग आ गए, जो आपको नियति नहीं, बल्कि अपनी योजना से चलाना चाहते हैं और महज अपने स्वार्थ में आपकी प्रतिभा को नया मोड़ देना चाहते हैं। ऐसे में एक बार फिर आपके सामने लोक-लुभावन वादे-इरादे लेकर लोग आपको भ्रमित करनेवाले होते हैं और उस समय एक बार फिर आपकी प्रतिभा को प्रतिभावान बनने का अवसर मिलता है। ऐसा नहीं कि यह मात्र आपके लिए है, बल्कि यह प्रक्रिया आपके जीवन के पहले भी थी और आपके जीवन के बाद भी रहेगी। यह प्रतिभा की हमराही है। यहाँ व्यक्ति को निश्चिंत भाव से अपने आप को अपनी प्रतिभा के अनुकूल नियति द्वारा निर्धारित कार्यों में लगाए रखना चाहिए और जब अवसर मिले, तब प्रतिभा को प्रतिभावान बनाते रहना चाहिए। आपकी प्रतिभा से प्रभावित होकर कहने को तो सब कहते हैं कि आपमें योग्यता है, लेकिन वे चाहकर भी इसी बात को सही जगह पर नहीं कह पाते, वे डर जाते हैं अपने आपसे कि कहीं सही को सही कहना ही भारी न पड़ जाए और तब सही समय होता आपके लिए अपनी प्रतिभा को अपनी आवाज बनाने का एवं प्रतिभा की यही आवाज तब अनंत नाद बन जाती है।

□

समझ

"विपरीत परिस्थितियों में भविष्य की चुनौतियों के प्रति स्वयं को अनुकूलित करने की कला ही समझ है।"

व्यक्ति मूक से मुखर होने तक जिन क्रियाओं को देखता, सुनता, बोलता है, उसका अर्थ पता करना ही समझ है। सामान्यतया समझ रखना ऐसी क्रिया है, जो लगभग सभी मनुष्यों में विद्यमान है, लेकिन समझ की समझ रखना बहुत ही जटिल प्रक्रिया है। व्यक्ति की समझ से उसका निर्माण होता है और उसकी समझ का असंतुलन उसके विनाश का कारण भी बन जाता है, अर्थात् 'निर्माण और विनाश का संतुलन समझ के आधार पर होता है।'

समाज व्यक्ति से यह अपेक्षा करता है कि वह उसकी बातें भी समझे, जो वह कहना नहीं चाहता है। यह परिस्थिति बहुत ही दुरूह होती है। यहाँ आपको भावों को समझना पड़ता है और भाव की भाषा समझने के लिए आपको शारीरिक क्रियाकलापों की भाषा समझना अत्यंत आवश्यक होता है। हर संभव कोशिश करके भी यदि वह इस स्थिति को समझने में नाकाम हो तो वहाँ यह समझ लेना चाहिए कि 'हर बात समझ में आए जरूरी नहीं होता, कभी-कभी नासमझी में भी बड़ी बात होती है।'

आधुनिक समाज में व्यवसाय से लेकर राजनीति तक, समाजसेवा से लेकर घुमक्कड़ी तक, सबके लिए बहुमुखी समझ रखना आवश्यक हो गया है। अब व्यक्तित्व को पहचानने का हुनर रखना आप समझ सकते हैं कि कितना कठिन है। ऐसे में व्यक्ति यदि किसी परिस्थिति को न समझ पाए, तो

वहाँ हमें समझ की कठिनाई को समझना चाहिए, क्योंकि 'जीवन का सबसे दुःखद क्षण वह होता है, जब वह व्यक्ति ही आपको नहीं समझता, जिसने आपको समझ की परिभाषा समझाई हो।'

□

घबराहट

"उस कार्य के लिए बिल्कुल नहीं घबराना चाहिए, जो आपके हाथ में न हो। किसी भी दशा में हमारा आत्मनियंत्रण बनाए रखना ही घबराहट पर विजय प्राप्त करने का एकल मार्ग है।"

मनुष्य का एक मूल स्वभाव है और वह उसी स्वभाव में रहते हुए अपना जीवन व्यतीत करता है। हमें जीवन-काल में अलग-अलग परिस्थितियों का सामना करना पड़ता है और हमारे स्वभाव का आकलन इन्हीं परिस्थितियों से निपटने के लिए आवश्यक होता है। ऐसी ही एक परिस्थिति है घबराहट, जिसका जीवन में बहुतायत उदाहरण देखने को मिलता है। जीवन में घबराहट हमारे सकारात्मक प्रयासों को प्राप्त करने का साधन है। जब हम तय कार्य-योजना पर काम करने में लापरवाही करते हैं तो यही घबराहट हमें हमारे लक्ष्य के प्रति उद्वेलित करती है।

कुछ व्यक्तियों का स्वभाव होता है कि वे हर घटित घटना के संबंध में जानकारी रखना चाहते हैं और इसी चाहत के नाते घबराहट में रहना उनके स्वभाव में हो जाता है। घबराहट में वे यह भूल जाते हैं कि यदि स्थिर चित्त से उसी घटनाक्रम का अध्ययन करें तो आसानी से हम उसके समाधान की तरफ बढ़ सकते हैं। यहाँ सदैव एक बात ध्यान में रखनी चाहिए कि जो विषय अपने हाथ में नहीं है या जिन घटनाओं पर हमारा नियंत्रण नहीं, हमें उन पर घबराना नहीं चाहिए, अपितु उनके समाधान पर विचार करना चाहिए।

निरंतर प्रयासों के बाद भी सफलता नहीं मिलने पर हम प्रायः घबराने लगते हैं और उसका परिणाम यह होता है कि हम बेवजह के प्रयासों की तरफ जाने लगते हैं। ऐसे समय में हमें नवाचार करने की आवश्यकता होती है, कार्य-योजना पर पुनः विचार करके उसमें परिवर्तन करना चाहिए अथवा कुछ समय शांत रहकर नए सिरे से वर्तमान परिदृश्य को समझकर आगे की रणनीति तैयार करनी चाहिए। किसी भी दशा में हमारा आत्मनियंत्रण बनाए रखना ही घबराहट पर विजय प्राप्त करने का एकल मार्ग है।

□

धैर्य

"धैर्य की कोई सीमा नहीं होती। इसका जितना प्रयोग संघर्ष में है, उससे कहीं ज्यादा उपलब्धि काल में भी है, जबकि विपरीत परिस्थितियाँ असीमित धैर्य का विकास करती हैं।"

धैर्य शब्द की व्यापकता इतनी है कि सांसारिक जीवन का कोई भी प्राणी इससे अछूता नहीं है। व्यक्ति के जीवन में धैर्य ही एक अवस्था है, जो उसको हर परिस्थिति का सामना करने के लिए तैयार करती है। "एकाग्रता, स्थिरता को धारण कर, व्यग्रता को दूर कर, विषय विशेष पर ध्यान केंद्रित करके लक्ष्य की पूर्णता के रास्ते पर पथिक को पहुँचाने की प्रारंभिक इकाई का नाम धैर्य है।" ऐसा कहा जाता है कि धैर्य जिस मनुष्य में नहीं है, उसका चरित्र कभी उत्तम नहीं हो सकता, अर्थात् धैर्य हमारे चरित्र का निर्माण करता है।

व्यक्ति का जीवन विविधताओं से भरा होता है। परिस्थिति कभी हमारे अनुकूल होती है तो कभी प्रतिकूल होती है। विपरीत परिस्थितियाँ हमारे जीवन में आती-जाती रहती हैं, ऐसे समय में हम किसी भी प्रकार का निर्णय लेने से पहले सदैव इस उलझन में रहते हैं कि हमें क्या करना चाहिए? उलझनों की कोई सीमा नहीं होती, अपितु उलझनों की परिस्थिति ही हमारे धैर्य की परिचायक होती है, अर्थात् हम यह कह सकते हैं कि विपरीत परिस्थितियाँ असीमित धैर्य का विकास करती हैं।

व्यक्ति प्रायः भ्रमित हो जाते हैं कि संघर्ष के समय धैर्य की ज्यादा आवश्यकता तो सफलता के समय इसकी कम आवश्यकता होती है, जबकि

ऐसा बिल्कुल नहीं है। हम यह तो नहीं कह सकते कि धैर्य के बिना जीवन असंभव है, लेकिन यह निश्चित कह सकते हैं कि चैतन्य जीवन में धैर्य जीवन-रेखा की तरह होती है। हमें अपेक्षा और उपेक्षा के भ्रमजाल से, सफलता रूपी अहंकार के मकड़जाल से, परिस्थितियों के विपत्तिकाल से निकालनेवाली अवस्था धैर्य ही है, अर्थात् धैर्य का तात्पर्य सफलता अथवा असफलता से नहीं, अपितु इसका जितना उपयोग संघर्ष-काल में है, उससे कहीं ज्यादा सफलता के समय भी है।

□

कसौटी

"स्वयं को स्वयं की कसौटी पर कसनेवाला व्यक्ति ही सामाजिक प्राणी है।"

कसौटी जीवन की विभिन्न परिस्थितियों में मापदंड स्थापित करने की पहले की कड़ी है। व्यक्ति जब जीवन में यह तय करने में संदेह करता है कि क्या सही है ? क्या गलत है ? कौन सही है ? कौन गलत है ? तो ऐसी परिस्थिति में वह उन संदेहों को दूर करने के लिए जिस अनुशासित मूल्यांकन इकाई का उपयोग करता है, उसे कसौटी कहते हैं। वह उस कसौटी पर खरे उतरे प्रयोग को मापदंड के रूप में स्थापित करता है। कसौटी बहुप्रचलित शब्द है। आप प्रायः सुनते होंगे हम परखने के किसी भी सवाल से पहले उसको कसौटी पर कसने की बात करते हैं। अब यहाँ समझना यह है कि परख एक प्रयोग है और कसौटी उससे पहले की प्रक्रिया, अर्थात् यहाँ यह सिद्धांत प्रतिपादित होता है कि परखने की इकाई भी कसौटी है अथवा कसौटी वह कड़ी है, जिससे व्यक्ति परख की प्रक्रिया को पूर्ण करता है।

व्यक्ति जब किसी व्यक्तित्व के मूल स्वभाव का निर्धारण करना चाहता है, तब वह प्रायः कसौटी का उपयोग दूसरों को परखने के लिए करता है और जो इस पर खरा उतरता है, उसको वह आगे के लिए प्रतिबद्ध करता है। सामाजिक जीवन में हमें कोई परखे और हम बार-बार इसी प्रक्रिया से गुजरें, इससे कहीं ज्यादा जरूरत है कि हम स्वयं के आदर्श मूल्यों की प्रेरणा से स्वयं को स्वयं की कसौटी पर कसकर सामाजिक व्यक्तित्व का निर्माण करें।

कसौटी का निर्धारण परख, सिद्धांत, आदर्श एवं मूल्य सभी के सहयोग के लिए होता है। अतः व्यक्तित्व निर्धारण में व्यक्ति को कसौटी का प्रथम प्रयोग स्वयं के व्यक्तित्व पर करना चाहिए।

□

दिशा

"हम सब एक ही दिशा में काम करें, ऐसा संभव नहीं है, बस इतना ध्यान रखना चाहिए कि हमारी दिशा में चलकर कोई दिशाहीन न हो।"

जीवन में सफलताप्राप्ति के लिए व्यक्ति पहले अपने लक्ष्य का निर्धारण करता है एवं उसकी प्राप्ति के साधनों पर विचार करता है। वे साधन एक ही लक्ष्य के लिए अलग-अलग हो सकते हैं। वह इस विचार में भी उलझ जाता है कि सबसे सुगम, सरल एवं अनुकूल मार्ग कौन सा है। व्यक्ति को मार्ग चुनने में कठिनाई होती है, ऐसे समय में उसे यह ध्यान रखना चाहिए कि उसका रास्ता सिर्फ उसके लक्ष्य की प्राप्ति का मार्ग नहीं, अपितु उसके रास्ते की दिशा ऐसी हो, जिसका अनुगमन होना चाहिए। जिस दिशा में चलकर कोई दिशाहीन न हो, उसे ऐसे मार्ग का चयन करना चाहिए।

प्रायः व्यक्ति अपनी योजना करते समय मात्र यह ध्यान रखता है कि उसकी पूर्ति से हमारे व्यक्तिगत हितों पर क्या प्रभाव पड़ेगा। यही वह क्षण है, जब स्वयं के दायित्वों को पूर्ण करते समय वह उस दिशा में काम नहीं कर पाता, जिसके बनने से उसके निर्माण का लक्ष्य पूर्ण होगा। जीव योनियों में व्यक्ति को मनुष्य योनि में जन्म इसलिए मिला है कि वह ऐसी दिशा का निर्माण कर सकें, जहाँ निर्देश के पालन का आदर्श स्थापित हो सके अर्थात् उसकी दिशा वह होनी चाहिए, जहाँ दिशा-निर्देश के पालन का अनुशासन ही नई दिशा का निर्माण कर सके।

व्यक्ति जब नए प्रयोग करने का प्रयास करता है तो उस दौरान वह पहले के सिद्ध प्रयोगों को आवश्यकतानुसार अपनी योजना में शामिल करता है। वह उन सिद्धांतों के अनुपालन में ही नए प्रयोग करता है, जो सिद्धहस्त होते हैं। जिसे वह सामान्य भाषा में यह कहता है कि वह उस दिशा में ही चलता हैं, जिस पर चलना सुरक्षित है, ऐसा पहले से सिद्ध किया जा चुका है। हमें भी अपने प्रयोगों में ऐसा तय करना चाहिए कि हमारा प्रयास छोटा हो या बड़ा, उसकी दिशा सकारात्मक हो और हमारे बाद उस दिशा में चलनेवाला व्यक्ति दिशाहीन न हो।

□

विकासोन्मुख

"यह पूर्णतया आपके ऊपर निर्भर करता है कि आप सुलझकर विकासोन्मुख होना चाहते हैं या उलझकर विनाशोन्मुख होना चाहते हैं।"

विकास के पथ पर अग्रसर, लक्ष्य के प्रति प्रतिबद्ध व्यक्ति के जीवन में जरूरी नहीं कि हर पल कुदरती समस्याएँ ही आएँ। हो सकता है कि समस्या योजनाबद्ध तरीके से पैदा भी की जाती हो। व्यक्ति को इसके नकारात्मक स्वरूपों में उलझना नहीं चाहिए, बल्कि सुलझकर इससे बाहर निकलना चाहिए। यह पथ प्रगति का है। व्यक्ति इस पथ पर सदैव विकासोन्मुख अर्थात् सदैव विकास की ओर रहेगा। व्यक्ति के जीवन में एक समय ऐसा आता है, जब वह करना तो सबकुछ चाहता है, लेकिन उसे रास्ता कोई दिखाई नहीं देता है। यह मात्र उसके जीवन की ही समस्या नहीं है, यह हर विकासोन्मुख रहनेवाले व्यक्ति की समस्या है। ऐसे समय में वह निर्णय लेने की एक गलती से अपने को उलझा देता है, यही उलझन उसे कमजोर करती है, उसके इरादों पर चोट करती है और उसे ऐसे कार्यों में लगा देती है, जिसका विकास से कोई सरोकार ही नहीं होता है। उसको कोई सही रास्ता दिखाता भी है तो उसे समझ में नहीं आता, क्योंकि जो वह समझ चुका है, उसके अतिरिक्त उसे कुछ दिखाई ही नहीं देता।

अंदर से हम पूरी तरह से टूट चुके होते हैं। ऐसी स्थिति में भी यदि हम मात्र अपना आत्मबल मजबूत रखें तो हमारा आत्मबल हमें सदैव इससे

निकलने के लिए प्रेरित करता है। हम अपनी बची ऊर्जा का प्रयोग करना चाहते हैं, यही चाहत हमें बाहर निकलने का रास्ता दिखाती है। इसी रास्ते से हम सुलझकर विकासोन्मुख हो जाते हैं। यहाँ यह भाव प्रतिपादित होता है कि जो हर परिस्थिति का सामना करने के लिए तैयार रहता है, परिस्थितियाँ उसकी दासी हो जाती हैं।

व्यक्ति को किसी भी दशा में समस्याओं से भागना नहीं चाहिए, ये समस्याएँ हमारा अनुभव कराती हैं ऐसी परिस्थितियों से, जिनका सामना करके हम अपना कौशल विकास करते हैं। यह कौशल हमें उलझने से बचाता है और सुलझाकर नई दुनिया की तरफ विकासोन्मुख कर देता है।

□

आत्मविश्वास

"विश्वास कच्चे धागे की वह डोर है, जिसके सहारे जीवन-रेखा चलती है। यह डोर जब स्वयं के नियंत्रण में हो तो आत्मविश्वास का रूप धारण कर लेती है।"

आत्मविश्वास शब्द ध्यान में आते ही हम सीधा अपने से संबंधित विषयों पर केंद्रित हो जाते हैं और इसका शब्दार्थ समझने की कोशिश करते हैं। किसी से पूछने पर भी हम निरुत्तर-सा महसूस करते हैं, क्योंकि आत्मविश्वास हमें किसी प्रशिक्षण से नहीं, बल्कि प्रेरक व्यक्तित्व की उपस्थिति तथा स्वयं द्वारा स्थापित मापदंडों से ही मिलता है। आत्मविश्वास स्वयं का स्वयं से साक्षात्कार होता है। आप भी सकारात्मक विचारधारा से अपना साक्षात्कार करिए, इसका परिणाम आपको निश्चित आत्मविश्वास देगा।

हम पारिवारिक रूप से एकल भी हो सकते हैं, लेकिन सामाजिक संरचना का आधार ही सामूहिकता है। सामाजिक संरचना में हमें नित नए लोगों से मिलना-जुलना एवं संवाद स्थापित करना पड़ता है। अब यहाँ यह तय कर पाना मुश्किल होता है कि हम विश्वासपूर्ण आधार पर वार्ता कैसे करें तो ऐसी स्थिति में हम विश्वास का आधार ही आत्मविश्वास को बनाते हैं। यह आत्मविश्वास हमको विश्वास की प्रथम सीढ़ी चढ़ने के बाद ही मिलता है। अतः हमें प्रथम दृष्टया बिना संदेह के विश्वास में विश्वास बनाए रखना चाहिए।

आधुनिक समाज में आत्मविश्वास की घोर कमी हो गई है। अब व्यक्ति हार से डरने लगा है। वह हार चाहे युद्ध के मैदान की हो या अंतर्द्वंद्व उद्वेलना की हो दोनों स्थिति में, वह स्वयं को कमजोर समझने लगा है। यह यकायक नहीं हुआ, बल्कि इसका भी बाकायदा दैनिक जीवन में अभ्यास किया गया। हमने रस्सी से पत्थर काटने के हुनर को भुला दिया है। जब परीक्षा, प्यार और परेशानी से हारकर आत्महत्या की खबर मिलती है तो लगता है कि हमने आत्मविश्वास की हत्या कर दी है। हमें जीवन की अवस्थाओं को समझना होगा और इसके औचित्य को समझकर स्वयं को समझने योग्य बनाना होगा। यह समझने और समझाने की प्रक्रिया ही आत्मविश्वास है।

□

प्रेरणा

"जीवन में जिस व्यक्ति की उपस्थिति मात्र से कुछ न होने पर भी बहुत-कुछ होने का अहसास होता है और जिसका मार्गदर्शन हमारी ऊर्जा में बढ़ोत्तरी करता है, सही मायने में वही प्रेरणा पुरुष होता है।"

सदृश्य एवं अदृश्य अवस्था की हर वह अनुभूति, जो हमें बेहतर करने के लिए उद्वेलित करती है, जिसका ध्यान हमें आत्मबल देता है, जिसका उपस्थित होना हमें संबल प्रदान करता है, इन सभी अवस्थाओं को आत्मसात् कर किया गया कार्य ही प्रेरणास्पद कार्य कहलाता है। यह सभी अवस्थाएँ हमें प्रेरणा देती हैं। प्रेरणा प्राप्तेय है और सबसे अच्छी बात यह है कि इसको लेने के लिए दाता की अनुमति नहीं लेनी पड़ती, बल्कि स्वयं को आत्मसात् करने योग्य बनाना पड़ता है।

मानव शरीर के कुछ स्थायी क्रियाकलाप होते हैं, जैसे—व्यक्ति का उठना, बैठना, बोलना, सुनना, समझना इत्यादि। व्यक्ति अपने जीवन में जो क्रियाकलाप सामान्य तरीके से करता है, वही क्रियाकलाप वह यदि प्रेरणास्पद तरीके से करे तो उसे बिना अतिरिक्त प्रयास के बेहतर परिणाम मिल सकता है। व्यक्तित्व के विकास के लिए यह आवश्यक है, जबकि नेतृत्व इसके बिना संभव ही नहीं है। आपने अपने लिए जीवन में जो भी कल्पना की है, उसको प्राप्त करने के लिए वैसे ही शीर्ष व्यक्तित्व के आदर्शों से प्रेरणा लेनी चाहिए एवं उसे आत्मसात् करना चाहिए।

हम दैनिक जीवन में व्यवहार की प्रधानता से अच्छे-बुरे का निर्णय करते हैं। अच्छे व्यक्ति से कुछ सीखना हमारा स्वभाव होना चाहिए, किंतु हम सिर्फ व्यवहार के आधार पर प्रेरणा का निर्णय नहीं ले सकते हैं। हम प्रेरक व्यक्ति का स्वभाव ले सकते हैं, स्वभाव के अनुकूल व्यवहार कर सकते हैं, किंतु जब प्रेरक व्यक्तित्व का चयन करना हो तो हमें उसके आभामंडल का संपूर्ण ध्यान देना ही उसका सही आकलन करना होता है। व्यक्ति का व्यक्तित्व प्रेरणास्पद हो, उसके लिए सामाजिक मान्यता की आवश्यकता नहीं है, बल्कि जिसके होने मात्र से हमारा आत्मबल बढ़ता है, जिसके निर्देशन में हमें संतुष्टिपरक कार्य का बोध होता है, सही मायने में वही प्रारंभिक प्रेरक व्यक्तित्व होता है।

□

स्वास्थ्य

"हमें सही समय पर अपने स्वास्थ्य के प्रति सचेत होना चाहिए, नहीं तो हमें अपने शरीर के साथ वह सब करना पड़ेगा, जो करने की हम कल्पना भी नहीं किए होंगे।"

व्यक्ति अपने जीवन में सुख की कल्पना करता है। कल्पना पूर्ण करने के लिए वह अपनी पूरी ऊर्जा लगाता है। यहाँ तक कि वह अपनी भूख-प्यास भी उसी सपने को समर्पित कर देता है। बहुतायत सारे लोग हैं, जो उस कल्पना को पूर्ण कर लेते हैं, तो अधिकांश लोग सफर को ही मंजिल मानकर संघर्ष करते रहते हैं। हम लक्ष्य के कितना नजदीक पहुँचे हैं और कितना सफर बाकी है, इसी गणित को हल करने में हम अपना जीवन लगा देते हैं। व्यक्ति के इस स्वभाव के कारण भूख, प्यास, नींद, चैन, सुकून जैसे शब्द उसके जीवन से मानो दूर हो जाते हैं। अब आपको यह जानकर हैरानी होगी कि भारत में सफलता प्राप्त करते-करते हम शारीरिक रूप से इतने खोखले हो जाते हैं कि प्राय: दिखनेवाले काल्पनिक सुख की अनुभूति भी नहीं कर पाते, जिसके लिए हमने कुदरत के अनमोल खजाने की सबसे बेहतरीन कृति मानव शरीर का तनिक भी खयाल नहीं रखा। ऐसे सुख का क्या, जिसके लिए हमारा कोटि योनियों के बाद प्राप्त मानव शरीर ही स्वस्थ न रहे। शरीर में व्याधि एवं विकार हमारी अनियमितताओं के कारण आते हैं और हम इनके लिए स्वयं उत्तरदायी होते हैं।

हमारा स्वास्थ्य हमारी सबसे बड़ी पूँजी है। दूसरे शब्दों में कहें तो यह

वह आधुनिक मशीन है, जिसका निर्माण मनुष्य के द्वारा नहीं किया जा सकता और न ही पुनर्जीवित किया जा सकता है। इसे सकुशल संचालित करने का एक ही उपाय है कि इसके खराब होने के कारणों में जाकर उस कारण को दूर करना। आप इसको और आसानी से समझिए—मनुष्य के द्वारा निर्मित मोबाइल फोन सबके पास है। यह एक अत्यंत उपयोगी साधन है। हम इसे इसके फंक्शन के अतिरिक्त संचालित नहीं कर पाते और यदि हम इसे इसकी क्षमता से अधिक उपयोग करते हैं तो यह अव्यवस्थित होने लगता है अथवा एक भी वायरस के प्रवेश करने से पूरा फंक्शन अस्थिर हो जाता है। जिसके लिए हम एंटीवायरस से लेकर ऐसे सभी उपाय करते हैं, जिससे यह समस्या नहीं आए। अब आप कल्पना करिए कि हम अपने शरीर के अंदर वायरस क्यों घुसने देते हैं, जिसे नया करना तो दूर हम पुनर्जीवित भी नहीं कर सकते हैं?

दुनिया के सारे सुख भौतिक एवं काल्पनिक हैं। शरीर को स्वस्थ रखकर इसके फंक्शन को स्थिर रखकर इसके लिए उपयोगी योग, व्यायाम, प्राणायाम जैसे एंटीवायरस को दिनचर्या में अपनाकर ही हमें किसी सुख की कल्पना करनी चाहिए। यदि हमने ऐसा नहीं किया, तो हमें अपने ही शरीर में वह सब करना पड़ेगा, जिसकी कल्पना आज से पहले आपने नहीं की होगी।

□

समभाव

"किसी भी परिस्थिति में हमें समस्याओं से घबराना नहीं चाहिए, बल्कि उनसे बाहर निकलने का रास्ता ढूँढ़ना चाहिए।"

समभाव होना, अर्थात् सदैव एक समान भाव रखना। व्यक्ति का भाव परिस्थितियों के हिसाब से बदलता है और वह परिस्थितियों को अपने अनुकूल ढाल लेता है। यह किसी भी दशा में अपने मापदंडों के अनुकूल होगा, इसके ऊपर किसी भी परिस्थिति विशेष का दबाव नहीं होता है। हर्ष विषाद से अछूता तो नहीं रह सकेगा, लेकिन उसके प्रभाव में किसी अवस्था का दबाव नहीं महसूस किया जाता है। समस्या जीवन का अंग है, यह आती-जाती रहती है। इनके आने से घबराना नहीं चाहिए और परिस्थितियों पर इन्हें कदापि हावी नहीं होने देना चाहिए। अचानक से किसी समस्या के आने पर हम उसके अनुकूल परिस्थितियाँ बनाने लगते हैं। इसका प्रमुख कारण है—उसका घबरा जाना, जबकि उसे किसी भी परिस्थिति में यह मानकर समभाव रहना चाहिए कि वह उस परिस्थिति का नियंता नहीं है।

भाव को उपबंधित करना कदाचित् उसका नियंत्रण नहीं है। उसको नियंत्रण में रखने के लिए व्यक्ति भाव पर सीधा नियंत्रण करना पड़ेगा और यह समभाव के अभ्यास से ही संभव है। यह बिल्कुल हमारे नियंत्रण में नहीं है कि अगला पल किस ओर इशारा कर रहा है, परिस्थितियाँ किस करवट बैठेंगी, उलझनें किस कदर उलझेंगी, समस्या कितना विकराल मुँह खोलेगी,

लेकिन इन सारी परिस्थितियों में वह एक समान धैर्य शक्ति के बल पर समभाव बना रहेगा, यह सदैव उसके नियंत्रण में है और यही समभाव बने रहने की प्रक्रिया भी है।

व्यक्ति को समभाव रहने के लिए कुछ स्वभाव दैनिक गतिविधियों में शामिल करना पड़ता है। एकाग्रता, चैतन्यता, निरंतरता की स्वीकार्यता सदैव मस्तिष्क में बनाए रखनी पड़ेगी। उसकी शारीरिक गतिविधि भी एक भाषा बोलती है, इस कारण शारीरिक भाषा भी स्थिर रखनी पड़ेगी, क्योंकि इसका भी पूर्ण प्रभाव उसके व्यक्तित्व पर पड़ता है। व्यक्ति के सारे सद्गुणों के साथ ही उसकी शारीरिक भाषा ही उसके व्यक्तित्व को नेतृत्व की तरफ ले जाती है। हमें सद्भाव से ही समभाव की प्राप्ति हो सकती है। व्यक्तित्व को आदर्श के रूप में उसे बिना भेदभाव के उससे योग्य एवं बड़े लोगों का सम्मान करना चाहिए। यह सम्मान ही समभाव रखने की मजबूत कड़ी है।

"अभ्यास मूल में हो तो गृहीता सबकुछ ग्रहण कर सकता है, अर्थात् व्यक्ति को अपने मूल में अभ्यास लाने का भी अभ्यास करते रहना चाहिए। जिस प्रकार बार-बार रगड़ने से रस्सी पत्थर काट देती है, ठीक उसी प्रकार अपने अंदर से नकारात्मकता की चट्टान को काटकर निकाल देना चाहिए और समभाव का अभ्यास निरंतर करते रहना चाहिए, इससे उसके ऊपर लगा ग्रहण हटेगा और उसका समभाव स्वभाव सिद्धि के रूप में शरीर ग्रहण कर लेगा।"

□

योद्धा

"योद्धा तैयारी नहीं करते, बल्कि तैयार रहते हैं, क्योंकि युद्ध के मैदान में तैयारी का समय नहीं मिलता।"

आपने युद्ध के विषय में तो सुना होगा। युद्ध का समय तय नहीं होता, इसका कोई मुहूर्त भी नहीं होता, यह कभी भी हो सकता है और इस युद्ध में प्राणों की बलिवेदी पर खुद को समर्पित करने की भावना से सदैव तैयार रहनेवाला व्यक्ति ही योद्धा कहलाता है। युद्ध काल की घोषणा करते समय देश के राजा के मन में क्रोध और करुणा दोनों का चिंतन होता है। वह चाहे जिस स्थिति में हो, उसकी मनोदशा चाहे जैसी हो, उसकी तैयारी चाहे जैसी हो, उसको निर्णायक भूमिका में ही रहना पड़ता है, क्योंकि 'योद्धा तैयारी नहीं करते, तैयार रहते हैं।'

युद्ध का मतलब मात्र लड़ाई नहीं होता है। आजकल युद्ध के मायने बदल गए हैं, अब तो परमाणु बम से ज्यादा वायरस खतरनाक हो चुके हैं। अघोषित विश्वयुद्ध सरीखे वातावरण का निर्माण होने लग रहा है, ऐसी स्थिति में तैयारी का क्षणमात्र भी अवसर नहीं मिलता है। आज शारीरिक रूप से तैयारी ही मात्र तैयारी नहीं मानी जाती, व्यक्ति को मानसिक रूप से सदैव योद्धा के रूप में तैयार रहना पड़ता है। संसाधन संपन्नता आपकी तैयारी का एक उदाहरण तो हो सकता है, लेकिन आपकी वास्तविक तैयारी वैचारिक आत्मनिर्भर साधनों पर ही होनी चाहिए।

सामान्य जीवन में व्यक्ति को अपने लक्ष्य के प्रति भी एक योद्धा की

तरह तैयार रहना चाहिए। व्यक्ति को लक्ष्यपरक संसाधनों के साथ अपनी कार्य-योजना पर काम करना चाहिए। शील को संबल बनाकर, आत्मबल को हिमालय से भी ऊँचा रखकर, परेशानियों को अपना दुश्मन समझकर, उससे लड़ाई के लिए सदैव तैयारी रखनेवाला व्यक्ति ही एक कुशल योद्धा की तरह व्यक्तित्व रूपी राष्ट्र का गौरव बढ़ा सकता है।

□

असंभव की सीमा

"सामाजिक व्यक्ति के व्यक्तित्व का निर्माण-काल ऐसा होता है, जहाँ अध्ययन, अध्यापन की कोई पाठशाला नहीं होती, बल्कि असंभव की सीमा तक ले जानेवाली स्वनिर्मित प्रयोगशाला होती है।"

जीवन में क्या संभव है ? क्या असंभव है ? यह बात व्यक्ति को समझ नहीं आती, उसके हाथ में सिर्फ तय लक्ष्य के लिए नित नए प्रयोगों के साथ काम करना ही है। सामाजिक व्यक्ति जब अपने निर्माण-काल में होता है तो वह छोटी-छोटी उपलब्धियों से जीवन में संभावनाएँ ढूँढ़ने में लगा रहता है और बहुत हद तक वह अपनी कार्य-योजना में सफल भी हो जाता है। कुछ कार्य-योजनाएँ अपूर्ण भी रहती हैं। अपूर्ण और असंभव दो अलग-अलग शब्द हैं और यही शब्द व्यक्ति को असंभव की सीमा तक ले जाते हैं।

पत्थर से पानी निकालने का माद्दा रखनेवाले लोग असंभव शब्द पर विश्वास नहीं करते, बल्कि उससे साक्षात्कार करना चाहते हैं। उससे मिलकर उसके आकार को देखना चाहते हैं, उसकी हद तक अपनी सरहद बनाना चाहते हैं। एक ऐसा साक्षात्कार, जो स्वत्व का साक्षात्कार होता है, जहाँ स्वयं के प्रश्नों का उत्तर भी स्वयं ही देना है और यही उत्तर असंभव की सीमा है, क्योंकि जब तक आप स्वयं के प्रश्नों का उत्तर ढूँढ़ते रहेंगे, आप हर असंभव को संभव करते जाएँगे।

यहाँ असंभव की सीमा जानने की कोई इकाई नहीं है, बल्कि अध्ययन-

अध्यापन की पाठशाला से भी ऊपर स्वयं के प्रश्नों का स्वयं से प्राप्त उत्तर की स्वनिर्मित प्रयोगशाला है। यह प्रयोगशाला आपके जीवन में अपार संभावनाओं का केंद्र होता है और आप यहाँ से असंभव को अपनी सीमा से बाहर कर देते हैं। सामान्य सामाजिक अनुभव यह बताते हैं कि व्यक्ति को असंभव जैसे शब्द पर प्रथम दृष्टया विश्वास नहीं करना चाहिए। हमेशा इस बात का तर्क करते रहना चाहिए कि असंभव की सीमा क्या है और उसकी सीमा तक प्रयास करते रहना चाहिए। कोई एक प्रयास उस असंभव की सीमा को भी पार कर एक नया दर्शन दे सकता है, वह दर्शन जिसमें प्रयास उसका कारक होगा एवं आप उस दर्शन के प्रणेता होंगे।

□

मैं क्यों करूँ

"जब कोई नहीं कर रहा तो 'मैं क्यों करूँ', इस सोच ने बड़े-बड़े परिवार, व्यक्ति समूह एवं संस्थाओं का अस्तित्व ही समाप्त कर दिया, इसलिए हमें अपने सामर्थ्य का कार्य बिना किसी से अपेक्षा के करते रहना चाहिए।"

व्यक्ति अपने आसपास कुछ-न-कुछ हमेशा करणीय कार्य देखता रहता है, यहाँ तक कि उसे वह कार्य न करने से होनेवाले दुष्परिणाम भी बखूबी समझ में आते हैं, लेकिन इसके बाद भी वह उसी जगह पर अपना काम निकलने तक यह सोचकर बना रहता है कि जब इस काम को यहाँ उपस्थित अन्य लोग नहीं कर रहे तो, मैं क्यों करूँ?

परिस्थितियाँ हमेशा ऐसी आती रहती हैं कि हम अपनी जिम्मेदारी का निर्वहन यदि कुशलता से करें तो कहीं भी कोई भी काम बाकी नहीं रह जाएगा, लेकिन यह क्या जिस कूड़े को हम आसानी से दूर कर सकते थे, वह एक दिन कूड़े के ढेर के रूप में तब्दील हो जाता है और वह स्थान जहाँ वह कूड़ा है, देखते-ही-देखते कूड़ास्थल में बदल जाता है। समाज के अंदर हम परिपक्व हैं, यह दिखाने का प्रयास तो सभी करते हैं, लेकिन क्या हम परिपक्व हैं? यह सवाल यदि खुद से किया जाए तो इसका उत्तर मिल पाना काफी मुश्किल होता है, क्योंकि जिस परिपक्वता का हम प्रदर्शन कर रहे होते हैं, वह हमारी दैनिक दिनचर्या से काफी दूर होती है, जो हमें अपरिपक्वता का बोध कराती है। व्यक्ति अपने जीवन में बहुत बड़े-बड़े कार्य करने का दंभ तो भरता है, लेकिन

क्या व्यक्ति दैनिक जीवन में दिनचर्या का पालन अपने आसपास दिखनेवाले छोटे कार्यों को पूर्ण कर उसका अनुपालन करता है। व्यक्ति ऐसा कर पाते हैं तो वह परिपक्वता की तरफ बढ़ रहे होते हैं, अन्यथा की स्थिति में खुद को समझाते हुए सिर्फ स्वयं को आश्वासन दे सकते हैं कि वह परिपक्व हैं। यह सोच सिर्फ यहाँ तक ही सीमित नहीं है, क्योंकि इससे सबसे ज्यादा नुकसान स्वयं का ही होता है। यह जरूरी नहीं कि ऐसा कार्य हमेशा असफल ही होगा, लेकिन उस सफलता में असफल होने की संभावना हमेशा बनी रहेगी। इसके बाद भी आप सफलता के शिखर पर स्थिर रहना चाहते हैं तो आपको दिन प्रतिदिन अपने बड़े कार्यों की तरह छोटे-छोटे कार्यों को भी उतनी ही वरीयता देनी पड़ेगी, यही वह मंत्र है, जो आपको सफलता के सर्वोच्च तक पहुँचा सकता है।

आप अपने जीवन में यह अनुभव करते होंगे कि बहुत छोटी-छोटी समस्याएँ विकराल रूप धारण कर लेती हैं, जिसका अंदाजा तक आपने नहीं लगाया होगा और यह गलतियाँ ऐसी थीं, जिसे समय रहते आसानी से सुधारा जा सकता था। यह कार्य व्यक्ति मात्र इसलिए कि इसको 'मैं क्यों करूँ' के भाव के कारण नहीं कर पाता। यहाँ हमें एक बात समझनी पड़ेगी कि कुछ गलतियाँ ऐसी होती हैं, जिनका समाधान वक्त के सिवा कुछ भी नहीं होता। अब तय यह करना है कि हमारी मंजिल क्या है ? यदि आपकी मंजिल मात्र सीमित दायरे का नेतृत्व करना है तो आप जीवन-निर्वहन कर सकते हैं, लेकिन आप सर्वोच्च की कल्पना करते हैं, तो आपको उन सभी गलतियों को सुधारना पड़ेगा, जो मंजिल के रास्ते में मिलती जाएँगी।

कभी-कभी हम दिग्भ्रमित हो जाते हैं और हम सफल व्यक्तियों की गलतियों का आकलन करने लगते हैं। आकलन के गणित में उलझकर हम इस निष्कर्ष तक पहुँच जाते हैं कि सफल व्यक्ति दुर्गुणों का अंबार है। हम फिर अपनी गलतियों पर ध्यान देना बंद कर देते हैं और भविष्य के लिए असफलता का मार्ग प्रशस्त कर देते हैं। यद्यपि जो हम आकलन करते हैं, वह भी उतना ही सही है, जितना आँखों से दिखाई देता है, लेकिन उसका सीधा तात्पर्य आपके

सामर्थ्य से है, क्योंकि शास्त्रों में वर्णित है कि 'समरथ को नहिं दोष गोसाईं'। इसका तात्पर्य यह है कि जब आपका संघर्ष सामर्थ्य में बदल जाए, तब न तो छोटी गलतियों की कोई जगह बचती है, न ही उसका कोई उत्तरदायित्व उनका होता है, इसलिए हमें मात्र और मात्र अपने दायित्व, अधिकार एवं कर्तव्य का पालन करते रहना चाहिए।

□

नियम

"हमें स्वयं को अनुबंधित करनेवाले नियमों की रचना करनी चाहिए और यदि हम उसका पालन कर पाएँ, तो उसे औरों पर लागू करना चाहिए।"

किसी भी व्यक्ति, संस्था एवं राष्ट्र की व्यवस्था संचालन के लिए जो निर्देश निर्धारित किए जाते हैं अथवा मापदंड तय किए जाते हैं, उन्हें हम नियम कहते हैं। यहाँ तक कि महाभारत काल में युद्ध के भी नियम वर्णित हैं, "युद्ध से पूर्व अपने आगमन के साथ ही बर्बरिक का यह कथन था कि 'कमजोर पक्ष के साथ रहने का वचन मैंने अपने गुरु को दिया है,' के संदर्भ में चिंतित भीम से युधिष्ठिर कहते हैं कि जीवन के कुछ नियम होते हैं और वही उसकी आधारशिला भी और उनका उल्लंघन जीवन को असंतुलित कर देता है।" सृष्टि भी नियम से चलती है, ग्रह, नक्षत्र सहित संपूर्ण नभमंडल सीमाओं एवं नियमों में पूरे तरीके से अनुबंधित है। आदर्श जीवन बिना नियम के स्थापित ही नहीं किया जा सकता है।

वर्तमान में राष्ट्र वैश्विक नियमों में, राज्य राष्ट्र के नियमों में एवं नागरिक देश के नियमों में उपबंधित हैं। ठीक इसी प्रकार व्यक्ति अपने व्यक्तिगत एवं सामाजिक जीवन के लिए कुछ नियम बनाते हैं। प्राय: हम उन्हीं नियमों का पालन नहीं कर पाते, जो हमने स्वयं के लिए बनाए थे। नियम वह संतुलन है, जहाँ असंतुलित क्रियाओं को भी उसके पालन मात्र से संतुलित करके भूल को सुधारा जा सकता है। जिस प्रकार वस्त्र के बिना हमारा शरीर नंगा होता है,

उसी प्रकार नियमों के बिना हमारा व्यक्तित्व नंगा हो जाता है।

आदिकाल से समाज का संचालन कायदे एवं कानून बनाकर किया जाता रहा है। हमें सामाजिक नियमों का पालन करना पड़ता है एवं जीवन संचालन के लिए अपने आदर्शों और मूल्यों के आधार पर नीतिगत नियम स्थापित भी करने होते हैं। यह आदर्श एवं मूल्य हमें सदैव इस बात का आभास कराते हैं कि हम नीति के नियंता नहीं हैं, अपितु हम नियामक हैं और नियामक को नीतिपूर्ण निर्णयों को आसान करने के लिए नैतिक दायित्व का बोध रखते हुए नियम निर्धारित करने होते हैं।

नियमन के समय यह आवश्यक होता है कि किसी भी प्रकार का नियम बनाते समय सबसे पहले हमें उस नियम को स्वयं पर लागू करना चाहिए। यदि वह नियम हम सहजता से स्वीकार कर पाए, तब फिर उसे अन्य के लिए लागू करना चाहिए।

□

निराशा

"निराशा नकारात्मक कारकों को जन्म देती है, इसलिए हमें किसी भी अवस्था में निराश नहीं होना चाहिए।"

व्यक्ति आशावादी होता है। कुछ करने की ललक बहुत-कुछ पाने की चाहत उसे काम करने के लिए प्रेरित करती है और वह कार्य के सापेक्ष मेहनत भी करता है। जब परिणाम उसकी उम्मीद के मुताबिक थोड़ा कम होता है, तो वह मायूस होता है और जब उम्मीद नाउम्मीद में बदल जाती है तो जिस भाव का जागरण होता है, उसे हम निराशा कहते हैं। आशा से लेकर आसरा तक के सफर में कब यह निराशा में परिवर्तित होता है, व्यक्ति इसे समझ ही नहीं पाता है। नकारात्मक वातावरण निराशा का द्योतक है और निराशा ही इनके कारकों को जन्म भी देती है।

नकारात्मकता वह दीमक है, जो धीरे-धीरे सकारात्मक वृक्ष को चाटकर नष्ट कर देती है। हमें वृक्ष को बचाने के लिए ऐसे वातावरण का निर्माण करना है, जहाँ दीमक से रोकथाम के उपायों की चर्चा होनी चाहिए। हमें अपनी आत्मसमीक्षा करते हुए, अपने आपसे यह प्रश्न सदैव करते रहना चाहिए कि हमें नकारात्मक कारकों ने घेर तो नहीं लिया है। इसका स्पष्ट आकलन हमें निराशा के कारकों से बचाएगा और सकारात्मक वातावरण के निर्माण में सहयोग भी करेगा।

जब हमें आशा की किरण दिखाई नहीं देती, तब निराश होना स्वाभाविक है, लेकिन इसका मतलब यह कदापि नहीं है कि हम आशा और उम्मीद

ही छोड़ दें। निराशा, भय, हताशा और थकान को पोषित करती है और इस पर विजय प्राप्त करना चाहती है। हम जब तक निराशा की काल-कोठरी में उम्मीद का चिराग जलाते रहेंगे, तब तक निराशा हमारे व्यक्तित्व को प्रभावित नहीं कर पाएगी। हम व्यक्तित्व के दिव्य प्रकाश में आशा और उम्मीदों की दहलीज पर पहुँचकर निराशा को आशा में परिवर्तित कर सकते हैं।

□

गलती

"हम गलत हैं, यह स्वीकार करने के बाद भी सुधार न करना अपनी आनेवाली पीढ़ियाँ बरबाद करने की ओर बढ़ता कदम है।"

व्यक्ति जीवन में बहुत स्वप्न देखता है, कल्पनाएँ करता है और बहुत-कुछ करना चाहता है। यही जुनून उसे कर्म करने को प्रेरित करता है। यह प्रेरणा उस व्यक्ति को हर वह काम करने के लिए मिलती है, जिसे वह अपने कर्मों के विश्वास से करने योग्य समझता है। वह कार्य करने में हमेशा सही है एवं इसको करने से उसका भविष्य सही है, यह तय कर पाना मुश्किल होता है। व्यक्ति हमेशा सही रास्ते पर चलना चाहता है, लेकिन कभी-कभी भटक जाता है और यह भटकाव ही उसकी गलती है, अर्थात् व्यक्ति के जीवन में मूल लक्ष्य से उसका भटकाव ही उसकी गलती है।

हम गलत हैं अथवा हमसे गलती हो गई, यह समझना, स्वीकार करना और सुधार करना विकासोन्मुख व्यक्तित्व के लक्षण हैं। अपनी गलती को स्वीकार करने के बाद भी व्यक्ति अपने में परिवर्तन नहीं करता है तो उसके जीवन में परिवर्तन शब्द की कल्पना ही बेकार है। व्यक्ति का सुधारवादी न होना उसके पूर्वजों की बनाई विरासत, स्वयं से अर्जित धन एवं भविष्य तीनों को बरबाद कर देता है। वह अपने साथ-साथ अपनी आनेवाली पीढ़ियों के लिए भी बरबादी का रास्ता खोल देता है।

गलती शब्द दिमाग में आते ही सजा शब्द की उपस्थिति स्वाभाविक है।

गलती और सजा एक-दूसरे की पूरक हैं और दोनों के अस्तित्व में एक-दूसरे की उपस्थिति आवश्यक है। व्यक्ति गलत आदमी से दूर तो रहना चाहता है, लेकिन वह यह भी चाहता है कि उसकी गलती की सजा भी उसे मिले। व्यक्ति एक-दूसरे का प्रस्तुतीकरण करता है, ऐसे में कई बार ऐसा होता है कि हम जिसे पसंद करते हैं, उसके अंदर सारे दुर्गुण रहते हुए भी हम उसकी प्रस्तुति सही व्यक्ति के रूप में करते हैं और जिसे हम पसंद नहीं करते हैं, उसकी प्रस्तुति हम सर्वदा गलत ही करते हैं। व्यक्ति के लिए कौन सही है, कौन गलत, यह भी उसके आसपास रहनेवाले लोगों की आँखें और कान तय करते हैं। आप किसी को गलत या सही मानकर अपना और उसका व्यक्तिगत नुकसान नहीं करते हैं, यहाँ तक तो ठीक है, लेकिन किसी व्यक्ति को गलती की सजा देने की बारी आए, तब उस समय सदैव यह बात ध्यान में रखनी चाहिए—"गलती की सजा देनी आवश्यक है, लेकिन ध्यान रहे कि सजा देने की गलती नहीं होनी चाहिए।"

□

अनुभव

"हर पल एक अनुभव है और यही अनुभव व्यक्ति को परिपूर्ण बनाता है, फिर चाहे वह अनुभव हर्ष का हो या विषाद का।"

जीवन से मृत्यु के बीच चेतन अथवा अचेतन दोनों अवस्थाओं में संपूर्ण जीवन व्यतीत होता है और इनके बीच घटित घटनाएँ हमको सांसारिक अनुभव कराती हैं। हम अपनी चैतन्यता से आधुनिक कंप्यूटर के हार्ड डिस्क की तरह घटित घटनाओं को ईश्वर प्रदत्त मस्तिष्क में सुरक्षित करते हैं और आनेवाली समानांतर घटनाओं के समय उससे प्राप्त अनुभवों के आधार पर क्रियाकलाप करते हैं। सामान्य जीवन में हम जो कुछ भी करते हैं, उसकी परिधि व्यापक होती है एवं उसकी व्यापकता हमें नए मार्गों पर पहुँचा देती है, यह नया मार्ग हमें नए अनुभव को प्राप्त कराता है।

समाज में अनुभव को देखने का नजरिया अलग-अलग है। कभी हम अनुभव का अंदाजा उम्र से लगाते हैं, तो कभी हम उसका अंदाजा कार्यक्षेत्र से लगाते हैं, जबकि मेरा मत है कि अनुभव का सीधा संबंध आपकी चैतन्यता से है। आप जितना समय चैतन्य अवस्था में रहकर अपना कार्य करते हैं अथवा किसी भी प्रकार के तय दायित्व का निर्वहन करते हैं, सिर्फ उसी समय आप उस कार्य अथवा दायित्व से संबंधी अनुभव प्राप्त कर सकते हैं। प्राय: ऐसा होता है कि व्यक्ति सशरीर तो उपस्थित होता है, लेकिन मस्तिष्क में अन्यान्य व्यवस्थाओं का संचालन करते रहने से व्यक्ति चेतनाशून्य होने के

नाते उपस्थित स्थान का अनुभव ग्रहण ही नहीं कर पाता है।

हमें सदैव इस बात का ध्यान रखना चाहिए कि पूर्व में प्राप्त अनुभवों का प्रयोग भी एक नया अनुभव देता है। अत: हमें वर्तमान परिस्थितियों का आकलन करते हुए, अपने अनुभवों का प्रयोग सदैव अनुपात में ही करना चाहिए।

□

समर्पण

"समर्पण वह सद्‌गुण है, जिसकी उपस्थिति मात्र से हजारों अवगुण निष्प्रभावी हो जाते हैं।"

समर्पण शब्द की अनंत व्याख्याएँ हैं। शब्दों के दृष्टिकोण से देखा जाए तो यह सम और अर्पण से मिलकर बना है। जिससे व्यक्ति बराबर मात्रा में अर्पण करने का भाव उत्पन्न करता है, अर्थात् जब व्यक्ति किसी भी संस्था, व्यक्ति अथवा आस्था के प्रति अपनी संपूर्ण सामर्थ्य को समता के रूप में न्योछावर करने को तैयार होता है, तब वहाँ समर्पण का प्रतिपादन होता है। समर्पण के मूल में त्याग, तप एवं निष्ठा है। समर्पण के अनंत भाव में वह शक्ति है, जो व्यक्तित्व के आभामंडल को दिव्य प्रकाश में प्रकाशित करती रहती है।

व्यक्ति जीवन में अपनी नीति, सिद्धांत एवं आदर्श तय करता है, यह मापदंड उसे जीवन में संकल्प पूर्ति की प्रेरणा देता है। यही संकल्प व्यक्ति को उसकी जीवन दृष्टि के प्रति समर्पित करता है, उसी समर्पण के प्रति जिसकी कल्पना में उसने सिद्धांत का प्रतिपादन किया था। व्यक्ति का समर्पण तब तक उसको सिद्धि नहीं दिला सकता, जब तक उसका निर्धारण लक्ष्य के अनुकूल न हो। लक्ष्य के अनुकूल समर्पण की रूपरेखा तय करते समय व्यक्ति को यह निश्चय कर लेना चाहिए कि कोई भी प्रयोग जीवन लक्ष्य की योजना के अनुरूप ही रेखांकित हो। सारे लक्ष्य व्यक्ति के जीवन लक्ष्य में निहित हैं एवं समर्पण का भाव उसके मूल में है।

प्राय: व्यक्ति के व्यक्तित्व का आकलन उसके गुणों से होता है और उसके गुणों का आकलन उसके व्यावहारिक पक्ष से होता है। व्यवहार व्यक्ति के गुणों को दुर्बल एवं सबल दोनों बनाता है, अर्थात् व्यक्ति के अंदर सद्गुण एवं दुर्गुण दोनों ही विद्यमान हैं। व्यक्ति परिस्थितियों के हिसाब से अपने क्रियाकलापों का प्रयोग करते हैं और सामाजिक दृष्टिकोण उसके गुणों की समीक्षा कर उसे अच्छे-बुरे में बाँट देते हैं। व्यक्ति के लिए दुर्गुणों को दूर करना दुष्कर कार्य समान होता है, परंतु यदि वह प्रयास करें तो वह समर्पण के एकमात्र सद्गुण द्वारा अपने समस्त दुर्गुण निष्प्रभावी कर सकता है।

□

अँधेरों का सम्मान

***"जिंदगी में आए अँधेरे का भी हमें सम्मान करना चाहिए,
क्योंकि काली रात से डरकर
कोई सितारा चमक नहीं सकता।"***

परिवर्तन प्रकृति का नियम है। दिन के बाद रात और रात के बाद दिन का आना यह सार्वभौमिक प्रक्रिया है। इसी प्रक्रिया में दोपहर, शाम, धूप, छाँव सब प्रक्रियागत आता रहता है। ठीक इसी प्रकार व्यक्ति के जीवन में भी सफलताएँ और असफलताएँ क्रमवार आती रहती हैं। व्यक्ति सफलता को निकलते सूर्य की तरह उदीयमान समझता है तो असफलता को ढलते सूर्य के बाद आए अँधेरे की तरह समझता है। प्रायः वह अँधेरे से घबराने लगता है और यही घबराहट उसे घोर अंधकार की तरफ ढकेलती जाती है। अँधेरे की काल-कोठरी से निकलने का सिर्फ एक रास्ता है और वह है सहज स्वीकार्यता का। यदि व्यक्ति प्रकृति के नियम को समझकर अँधेरों का सम्मान करना सीख ले और जीवन का हिस्सा समझकर चाँद-तारों की रोशनी की आदत डालकर उसके अनुकूल कार्यों को करे तो भाग्य का सूरज जरूर निकलता है, क्योंकि हर रात के बाद सुबह होना यह प्रकृति का नियम है।

अँधेरे सिर्फ नुकसान करेंगे ऐसा नहीं है, बल्कि भागदौड़ भरी जिंदगी में सुकून भी तो इसी अँधेरे में आता है। अँधेरे में व्यक्ति वह सबकुछ कर सकता है, जो उजाले में संभव ही नहीं है। अमावस और पूर्णमासी की रात का जो महिमामंडन हम शास्त्रों में पढ़ते हैं, उससे ऐसा लगने लगता है कि यह रात

आज क्यों नहीं है, अर्थात् जिंदगी की अँधेरी रातों से हमें भागना नहीं चाहिए, बल्कि रात के महत्त्व के कार्य हमको करते रहना चाहिए, ताकि जब सूरज उगे तो वह सब दिखाई दे, जिसकी कल्पना आपके जीवन में अँधेरा लानेवाले ने की ही न हो और यही कार्य तो आपके जीवन का सूर्योदय है, जो अँधेरों का सम्मान करने से प्राप्त होता है। व्यक्ति परिस्थितियों के हिसाब से क्या बेहतर कर सकता है, इसका आकलन करके उस पर कार्य करते रहने से परिस्थितियाँ खुद उसकी सहायक हो जाती हैं और यही सहायक अवस्थाएँ उसका भाग्योदय करती हैं। जीवन की हर परिस्थिति सुख-दुःख, सफलता-असफलता सभी का सामना करते रहना व्यक्तित्व को विशालता देता है।

□

चुप रहने की नियति

"बहुत से ऐसे कार्य हैं, जिनकी नियति चुप रहना है। आपने देखा होगा कि बड़े-से-बड़े कार्य सिर्फ बोलने से बिगड़ जाते हैं।"

विधाता ने व्यक्ति को ऐसी भाषा शक्ति दी है, जिससे वह दूसरों से संवाद कर सकता है। उनके दुःख-दर्द, मनोभावों को आसानी से समझ सकता है। भाषा से आगे उसकी बोली, लहजा और शारीरिक भाषा—इन तीनों के मिश्रण से वह अपनी बात रखता है। शास्त्रार्थ से नई सूक्तियों की रचना कर व्यक्ति जीवन में सब प्राप्त करता है, जो वह पाना चाहता है, शब्द का अर्थ, अर्थ का भाव, भाव का महत्त्व समझकर व्यक्ति जब अपनी बात रखता है, तो वह बात उसे महत्त्वपूर्ण बनाती है।

इन सभी प्रक्रियाओं का एक और पहलू है कि कहाँ व्यक्ति को चुप रहना है अथवा कहाँ कितना बोलना है। बहुत बार ऐसे अवसर आते हैं कि जहाँ चुप रहना ही उस समय, उस कार्य अथवा उस स्थिति की नियति होती है।

व्यक्ति के व्यक्तित्व में उसकी भाषण शैली, तर्क शक्ति, विषय ज्ञान उसका शृंगार होता है। यह सब तब तक उपयोगी होते हैं, जब तक यह कुतर्क की संज्ञा में नहीं आते हैं। प्रायः व्यक्ति जब सार्वजनिक स्थल पर होता है तो समवैचारिक व्यक्तियों के अलावा कुछ लोग ऐसे भी होते हैं, जो उसके विचारों से सहमत नहीं होते हैं। उनका संपूर्ण जीवन स्वयं को सिद्ध करने में ही लगा होता है और उस स्वघोषित सिद्धि का बाण वह सार्वजनिक चलाने

में महारत रखते हैं। वह बाण आप पर नहीं चलेगा, ऐसी कल्पना मत करिए, क्योंकि महारथी चुप नहीं बैठते। ऐसी परिस्थिति में सहजता से यह मान लेना चाहिए कि हर प्रश्न का उत्तर ही उसकी नियति नहीं होती, बल्कि कुछ प्रश्नों का आधार ही प्रश्न के अस्तित्व को बचाना है और उस प्रश्न की नियति उत्तर से ज्यादा निरुत्तर करने अर्थात् चुप कराने में ही है।

कभी-कभी शांति के अद्भुत नाद में बड़े-से-बड़ा कोलाहल समाहित हो जाता है। यह अनंत नाद सिर्फ उसी को सुनाई देता है, जो नाद ब्रह्म का उपासक होता है। यह उपासना कुछ और नहीं, बल्कि शब्दों का महत्त्व एवं उसकी समझ है। ऐसे समझिए कि भरी सभा चल रही हो, अनेकानेक प्रसंग चल रहे हों और अचानक शांति हो जाए तो ऐसा लगता है, मानो वहाँ की निर्जीव वस्तुएँ भी शांति के कारण का सवाल पूछना चाहती हैं। उसको महसूस करने पर यह प्रतीत होता है कि शांति का यह क्षण कई प्रश्नों का उत्तर दे रहा है। आज आरोप-प्रत्यारोप के इस दौर में यदि सबसे आवश्यक कोई आवश्यकता है तो हमें चुप रहने की कला को विकसित करना है। चुप रहना हमें यह नहीं सिखाता कि हम जवाब न दें, लेकिन ऐसे सभी समय चुप रहने की सीख देता है, जहाँ चुप रहना ही उसकी नियति हो।

□

आशा की किरण

"घोर निराशा में ही आशा की नई किरण छिपी होती है, अब निर्भर आप पर करता है कि आप अँधेरे की काल-कोठरी से किरण देख पाते हैं या नहीं।"

हम स्वयं को कमरे में बंद कर लें और दुनिया को अंधकारमय समझें तो यह हमारी भूल के अलावा और कुछ भी नहीं है। ठीक यही काम हम अपने जीवन के साथ भी करते हैं, हम लक्ष्य तो निर्धारित कर लेते हैं, लेकिन उसको प्राप्त करने में आनेवाली कठिनाइयों का सामना नहीं कर पाते हैं और प्रथम चरण की समस्याओं को समाधान के रास्ते पर न ले जाकर अँधेरे की काल-कोठरी में बैठा देते हैं। अपने मस्तिष्क में यह दृढ़ निश्चय कर लेते हैं कि हम अपनी गति को प्राप्त हो गए हैं। अब यहाँ सिर्फ अपने मस्तिष्क की किरण को प्रकाशित करके यदि हम समाधान का चिंतन करें तो यकीन मानिए, जिस प्रकार बादलों की इतनी क्षमता नहीं कि वह सूर्य को ज्यादा देर तक प्रकाशमान होने से रोक सकें, ठीक वैसे ही ऐसी कोई काल-कोठरी नहीं, जहाँ से आशा की किरण न दिखाई देती हो। घोर निराशा में ही यह किरण छुपी होती है, व्यक्ति विशेष पर निर्भर करता है कि वह किरण देख पाता है या नहीं।

व्यक्ति को राष्ट्रहितों के मापदंडों में अपना मापदंड स्थापित करना चाहिए और जब आप यह कर पाएँगे तो निश्चित ही आप प्रकाशपुंज के बेहद नजदीक होंगे। यह आपको निराशा से बचाएगा, यदि आप उसकी नकारात्मकता से बच गए तो निश्चित ही आशा की किरण आपको दिखाई

देगी। कभी–कभी हम ऐसा अनुभव करते हैं कि सबकुछ होते हुए भी कुछ अच्छा नहीं लगता। ऐसा लगता है कि मानो सबकुछ बेकार है। यदि अपनी श्रमशक्ति का आकलन प्राप्त व्यवस्थाओं से करे तो महाघाटे का बोध होता है। ऐसा लगता है, जैसे अंधी दौड़ में हम भाग लेने के योग्य भी नहीं बचे हैं, लेकिन अगले ही पल आँखों के सामने सुबह का सूरज उदीयमान अवस्था में दिखाई देता है। हम सबकुछ कर सकते हैं, ऐसा बोध होता है। थरथराए बदन में स्फूर्ति होने लगती है और हम तैयार होते हैं, वह सबकुछ करने के लिए जिससे हम किसी दूसरे की जिंदगी में आशा की किरण बन सकें। यही वह पल होता है जब हम खुद को तैयार करते हैं। वही पल आशा की किरण का मार्ग है।

□

शुभचिंतक

"व्यक्ति को अपने शुभचिंतकों की चिंता जरूर करनी चाहिए, क्योंकि व्यक्ति के शुभचिंतक ही उसका भविष्य तय करते हैं।"

व्यक्ति अपने जीवन-काल की दैनिक दिनचर्या में अपने कर्मक्षेत्र के अनुरूप नित नए लोगों से मिलता रहता है। कुछ लोगों से जान-पहचान होती है, कुछ संबंध में बदल जाते हैं। कुछ संबंध ऐसे भी होते हैं, जो जिंदगी का हिस्सा बन जाते हैं। उनकी अनुपस्थिति हमें कमी का अहसास कराती है तो उनकी उपस्थिति से पूर्णता का बोध होने लगता है। हम एक-दूसरे के सुख-दुःख की चिंता करने लगते हैं, यही चिंता हमें चिंतक बनाती है। मानवीय स्वभाव के नाते हम सदैव एक-दूसरे के शुभ की ही मंगलकामना करते हैं, अर्थात् हम एक-दूसरे के शुभचिंतक होते हैं।

आधुनिक समाज की सबसे बड़ी समस्या शब्दों का अतिशय प्रयोग है। अतिशय प्रयोग शब्दों की महत्ता को शून्य कर देता है। आज शुभचिंतक शब्द के अतिशय प्रयोग से इसकी मूल भावना का अभाव स्पष्ट दिखाई दे रहा है। हमें जान-पहचान, संबंध और शुभचिंतक के अर्थ को समझना पड़ेगा। अपनी तरफ से सभी की शुभचिंता तो हर हाल में करनी है, लेकिन शुभचिंतकों की चिंता का दायरा हमें व्यापक रखना होगा, क्योंकि व्यक्ति जिस महल की कल्पना करता है, उसकी नींव की एक-एक ईंट शुभचिंतकों के प्रयासों की ईंट होती है।

प्राय: शुभचिंतकों की श्रेणी सकारात्मक ही होती है, परंतु कभी-कभी यह एकल, तो कभी अतिवाद का शिकार भी हो जाते हैं। व्यक्ति जब सामाजिक जीवन में काम कर रहा होता है, तब वहाँ उसका भाग्यविधाता भी वही समाज होता है। हमारे शुभचिंतक जो मन से, वचन से, कर्म से हमें अपना अगुआ मानते हैं, उनकी सामाजिक पहचान हमारे नाम से और हमारी उनके नाम से होती है। कभी-कभी हम उन्हें जान भी नहीं पाते कि वह हमारी चिंता हमसे बढ़कर करते हैं, ऐसी स्थिति में वह शुभचिंतक एकमार्गी शुभचिंतक होता है। इस नाते व्यक्ति को जाने-अनजाने सभी शुभचिंतकों की कुशलता की प्रार्थना ईश्वर से करते रहना चाहिए।

□

कृपापात्रता

"कृपापात्र व्यक्ति सदैव इस भ्रम में रहता है कि मेरी योग्यता सर्वोपरि है और यही भ्रम इसके अस्तित्व का कारण भी है।"

पात्रता का पैमाना देशकाल, परिस्थिति के अनुरूप बदलता रहता है। अध्ययन काल के दौरान हम सब यह पढ़ते हैं कि—

विद्यां ददाति विनयं विनयाद् याति पात्रताम्।
पात्रत्वात् धनमाप्नोति धनात् धर्म ततः सुखम्॥

अर्थात् विद्या विनय देती है, विनय से पात्रता, पात्रता से धन, धन से धर्म और धर्म से सुख प्राप्त होता है। यहाँ पात्रता का आधार विद्या और विनय को माना गया है। इसके अतिरिक्त आदिकाल से कई प्रकार की पात्रताएँ भी अपना महत्त्व रखती हैं। नेतृत्व सामर्थ्य के आधार पर हमारी चिंता करता है, वह सामर्थ्य हमारे अपने लोग होते हैं और हम सदैव अपने लोगों की चिंता करते रहते हैं। इस शृंखला में यह स्पष्ट होता है कि हमें यदि चयन करने का अवसर मिले तो हमें कृपापात्रता से ज्यादा विद्या विनय की पात्रता को अवसर देना चाहिए। हम अपनी सामर्थ्य के समूह से योग्य व्यक्ति को आगे करेंगे। यहाँ एक बड़ी अजीब विडंबना है, नेतृत्व की चयन प्रक्रिया में सदैव दोष होता है, क्योंकि वह सबकी अपेक्षा की पूर्ति नहीं कर सकता है। चयन प्रक्रिया में असफल हुआ व्यक्ति सदैव पक्षपात का आरोप लगाता है और सफलता को कृपापात्रता की श्रेणी में खड़ा कर देता है। यहाँ अब यह आवश्यक हो जाता

है कि नियुक्त व्यक्ति नियोक्ता के विश्वास पर अपने कौशल से योग्यता को प्रमाणित कर कृपापात्रता को दोषमुक्त करें।

सफलता के कई स्वरूप होते हैं और यह स्वरूप हमें हमारा आत्मदर्शन कराते हैं, हमें पूर्ण बनाते हैं, हमें ऐसे-ऐसे रास्ते दिखाते हैं, जिनका कोई ओर-छोर ही नहीं होता है। हम जिधर जाते हैं, वहीं रास्ता है और जहाँ ठहर गए, वहीं मंजिल है। वह मंजिल जिसे प्राप्त करनेवाला कोई तलबगार नहीं है, बल्कि उसे उस मंजिल पर पहुँचाया जाता है। हम अपनी योजना से दुनिया का संचालन करना चाहते हैं, लेकिन उस संचालन का कोई आदर्श स्थापित नहीं है। जिससे हमारे ऊपर सिर्फ वही नेतृत्व थोपा जाता है, जिसकी कृपापात्रता ही उसकी योग्यता होती है। ऐसा नहीं कि हम पहले व्यक्ति है, जिसके साथ ऐसा होता है, बल्कि यह एक दुर्गुण है, जिसकी नींव के कारक सद्गुणी होते हैं।

इसी सद्गुण के कारण कृपापात्र शब्द का अस्तित्व भी है। इसके अस्तित्व में रहने से प्रायः योग्य और कृपापात्र दो व्यक्ति एक साथ स्थापित होते हैं।

□

वर्तमान

"यदि आप अपने वर्तमान से संतुष्ट हैं तो कोई फर्क नहीं पड़ता कि भविष्य में क्या होगा, क्योंकि भविष्य भी कल का वर्तमान ही है।"

मानव का एक स्वभाव है कि वह हमेशा भविष्य की चिंता में अपने समय, ऊर्जा और धन का व्यय करता है। ऐसा वह आनेवाली पीढ़ियों के प्रति वात्सल्य के सद्गुण के नाते करता है और करना भी चाहिए। हम इस भविष्य में अपना आनेवाला वर्तमान भी देखते हैं और देखना भी चाहिए। हमें केवल अपना थोड़ा सा नजरिया बदलना पड़ेगा, सोचने के तरीके में बदलाव लाना पड़ेगा। हमें यह सोचना है कि जिस काल के काल्पनिक भविष्य को बनाने में अपना समय, ऊर्जा, धन लगा रहे हैं, उसमें कुशल कार्य-योजना से थोड़ा और बढ़कर आज के वर्तमान में पाया जा सकता है और हमें इसकी कोशिश करनी चाहिए।

हमें सदैव अपने वर्तमान से प्रश्न करते रहना चाहिए। अपनी मेहनत एवं समय के सापेक्ष अपेक्षा का सवाल भी खड़ा करते रहना चाहिए। आप इसके उत्तर के लिए वर्तमान से हठ भी कर सकते हैं और यदि इसके उपरांत आप अपने प्रश्नों के उत्तर से संतुष्ट हैं तो आपको भविष्य की चिंता करने की कोई जरूरत नहीं है, बल्कि अपने वर्तमान को भविष्य के सापेक्ष बनाने का प्रयास करना चाहिए। प्रतिकूल परिस्थितियों ने यदि आपको घेर रखा है तो परिस्थितियों के मार्गदर्शन के अनुकूल वर्तमान की चिंता करनी चाहिए।

वर्तमान में जीने का सुख दुनिया के किसी भी अन्य सुख में नहीं है। जिस प्रकार एक राजा अपने वर्तमान कोष को ध्यान में रखकर अपनी प्रजा के लिए हितकारी योजना बनाता है, ठीक उसी प्रकार आप अपने समवैचारिक कुटुंब के राजा हैं। समस्त कुटुंब वर्तमान कोष से खुश रहें एवं कोष में कमी समझ में आने पर इसे बढ़ाने का प्रयत्न करें तो वर्तमान से बेहतर कुछ नहीं हो सकता। भविष्य के लिए जो भी कल्पना हमने की है, उसके प्रति यदि समस्त समवैचारिक कुटुंब राजकोष की भाँति अपने कोष का मजबूत करें तो कल का काल्पनिक भविष्य निश्चित रूप से वर्तमान हो जाएगा।

□

संबंध

"सामूहिक समझ एवं लोकतांत्रिक नियंत्रण, यही दोनों संबंधों की जीवन-रेखा हैं।"

जीवन से मृत्यु के बीच हमारा पूरा जीवन विविध व्यक्तियों से परस्पर मिलने, उनसे वार्त्ता करने, उनको समझने तथा उनकी प्रायोगिकता को सिद्ध करने में बीत जाता है। इस पूरी श्रृंखला में एक-दूसरे को परस्पर जोड़ने की कड़ी के संबोधन को हम संबंध कहते हैं। यह व्यक्ति के जीवन की परस्परता एवं निरंतरता का द्योतक है। यह संबंध ही उसकी जीवन-रेखा है और यह जीवन-रेखा ही व्यक्ति के व्यक्तित्व को रेखांकित करती है।

प्राय: व्यक्ति सामान्य बोलचाल की भाषा में बड़े गर्व से कह देता है कि मेरी जिंदगी में मैंने बहुत-कुछ किया, लेकिन पूँजी के नाम पर मेरे संबंध ही हैं। हमारी संस्कृति में ऐसा रहा है कि हमने संबंधों को हर जगह तरजीह दी है, मानो ऐसी समाज की परंपरा रही है। हम संबंध को परंपरागत इसलिए भी कह सकते हैं कि बहुत से ऐसे संबंध होते हैं, जो हमें बाकायदा परंपराओं के आधार पर बताए, सिखाए तथा समझाए गए होते हैं। स्थानीय लोक प्रभावों का संबंध भी व्यक्ति को परंपरा के आधार पर ही मिलता है। उसका निर्वहन व्यक्ति आजीवन करता रहता है। अलग-अलग कथाओं का एक सामूहिक अर्थ यह भी लगाया जाता है कि व्यक्ति अपने पूर्वजों के परंपरागत परिवार भी सँभाल ले तो वह नवनिर्माण से कहीं बेहतर होता है। वैज्ञानिक युग के चरम पर भी आज हमारी परंपराओं में संबंध को वैज्ञानिक महत्त्व के साथ जोड़ा जा रहा है।

संबंधों का निर्वहन बड़ा ही जटिल होता है। इसका धागा इतना कमजोर होता है कि यदि विश्वास रूपी बल उसमें न मिला हो तो वह सदैव टूटने को लालायित रहता है। इसको बचाने में व्यक्ति को सामूहिक समझ का विकास करना होता है, ऐसी समझ जो दो या दो से अधिक व्यक्तियों के समूह में सामूहिक स्वीकार्यता का प्रतीक हो। यहाँ निर्णय का आधार लोकतांत्रिक निर्णय ही रखना होता है, हमें निर्णय लेने के लिए अपेक्षित व्यक्ति के निर्णयों की लोकतांत्रिक मापदंडों पर परख करनी चाहिए एवं उसे स्वीकार करके पूर्ण मनोयोग से काम करना चाहिए।

□

प्रायोगिकता

"प्रायोगिकता के अंकुर के लिए परिस्थितियाँ उर्वरा भूमि उपलब्ध कराती हैं, यही अंकुर पुनः प्रायोगिकता स्थापित करता है।"

व्यक्ति अपने संपूर्ण जीवन में प्रयोग करता रहता है। हर पल, हर घड़ी प्रयोग ही तो है। जिंदगी एकमात्र ऐसा विद्यालय है, जहाँ व्यक्ति सिद्धांत लिखता नहीं, बल्कि प्राप्त अनुभवों से प्रायोगिकता के मूल में सिद्धांत की रचना करता है। व्यक्ति संपूर्ण जीवन में प्रयोगों को स्वीकार कर अपनी योजना को गति देता है तो वह सफलता के परम वैभव का आनंद लेता है। यदि वह प्रायोगिक रचनाओं को समझ नहीं पाता तो उसकी पूरी जिंदगी प्रयोग मात्र बनकर रह जाती है।

परिस्थितियाँ अनुकूल हों या प्रतिकूल दोनों ही स्थिति में प्रायोगिकता सिद्ध होती है, अर्थात् व्यक्ति के जीवन की परिस्थितियाँ प्रायोगिकता के बीज के लिए उर्वरा भूमि की तरह हैं, जिस पर व्यक्ति रूपी किसान हल चलाकर बीज बोता है और प्रायोगिक सिद्धांतों की फसल तैयार करके समाज को नई दिशा देता है। व्यक्ति को प्रतिपादित सिद्धांत का स्वयं आत्मसात् करना चाहिए, इससे थोड़ी सीख लेकर आगे की चुनौतियों के लिए तैयार रहना चाहिए और यह कदापि नहीं भूलना चाहिए कि जिन परिस्थितियों से आप सिद्धांत को प्रायोगिक कर रहे हैं, उन परिस्थितियों का घुमक्कड़ी स्वभाव है। अपने इसी घुमक्कड़ी स्वभाव की वजह से यह सबको खेती का अवसर देती है, अब

किसान की खेती का कौशल ही उसकी फसल अर्थात् उसके सिद्धांतों को ख्याति दिला सकता है। यहाँ यह भाव सिद्ध होता है कि एक समान काम को भी व्यक्ति अलग तरीके से करके स्वयं की प्रतिभा सिद्ध करते हैं।

व्यक्ति सदैव यात्रा करते समय भ्रमणकारी जीवन का स्वामी होता है और अध्ययन करते समय अक्षर ब्रह्म का साधक होता है। उसके जीवन का स्वामित्व और साधना ये दोनों ही प्रायोगिकता के प्रमुख कारक हैं। प्रायोगिक गतिविधियों के संचालन में यह भाव रखना चाहिए कि अध्ययन एवं देशाटन प्रायोगिकता का मूल है।

□

आचरण

"व्यक्ति का आचरण उसके संपूर्ण व्यक्तित्व में रीढ़ की हड्डी की तरह होता है, जो शुरुआत में महत्त्वपूर्ण नहीं लगता, लेकिन समय के साथ इसकी महत्ता समझ आती है।"

व्यक्ति का निर्माण परमात्मा करता है और व्यक्तित्व का निर्माण व्यक्ति का आचरण करता है, अर्थात् आचरण में परमात्मा का वास ही व्यक्तित्व का मूल है। आचरण का आकलन किसी एक गुण-दोष के आधार पर कदापि नहीं करना चाहिए, बल्कि इसका तात्पर्य दुर्गुणों पर सद्गुणों की विजय से है। अब व्यक्ति सिर्फ सद्गुणी हो, ऐसा संभव नहीं है, कुछ-न-कुछ कमी रह ही जाती है कुदरत के हर कसीने में और यह कमी आगे और बेहतर करने की प्रेरणा देती है। परमात्मा हमें पूर्ण बनाता है, जिसे व्यक्ति आचरण से परिपूर्ण करता है।

आचरण वह सद्गुण है, जिसके सकारात्मक प्रभाव से लोग व्यक्ति के चरण तक पूजते हैं और आचरण में दुर्गुण आते ही वही लोग उसे घृणा का पात्र समझने लगते हैं। आपने अपने जीवन में इसके कई जीवंत उदाहरण देखे होंगे कि कैसे आस्थाएँ पल भर में आचरण के आधार पर बदल जाती हैं। हमने सामान्य जीवन में जो मापदंड स्थापित किए हैं, उसका आधार आचरण ही होता है, हमें मापदंडों के अनुपालन में भी इसकी उतनी ही आवश्यकता है, जितनी इसके निर्धारण में रही है।

कभी-कभी व्यक्ति आधुनिकता की चकाचौंध से प्रभावित हो जाता है। वहाँ ऐसा प्रतीत होता है, जैसे मानो जो है, सब यही सामने है, यही धर्म है, यही सिद्धांत है, यही नियति है, यही अनुशासन है, यही कर्म है। वह भी उसी को पाने के लिए लालायित हो जाता है और धीरे-धीरे यह आकर्षण उसके स्वभाव में और फिर उसके आचरण में प्रवेश कर जाता है, जबकि यह आचरण उसके शरीर का बाह्य आवरण मात्र है, जिसका शरीर के बिना कोई महत्त्व ही नहीं है। व्यक्ति को सदैव सामाजिक हितों को ध्यान में रखकर परमात्मा में आस्था रखकर समभाव आचरण करना चाहिए। इसकी प्रायोगिकता में निश्चित सिद्धांत होना चाहिए।

□

मन

"मन नियंत्रण में नहीं रह सकता, लेकिन कर्म पर नियंत्रण कर आप मन को सही दिशा में लगा सकते हैं।"

सोने से लेकर जागने तक और जागने से लेकर सोने तक हम अपने जीवन में जो भी करते हैं, वह कर्म की संज्ञा में आता है। कर्म का कोई मापदंड नहीं होता है, इसका कोई मानक नहीं होता, बल्कि इसको अच्छे और बुरे की दृष्टि में बाँटा गया है। हमारा मन सभी तरीके के काम को करना चाहता है और हम करने भी लगते हैं। लगातार बदलाव रूपी मन हमको आगे बढ़ने से पहले ही दूसरे काम में लगा देता है और फिर हम मार्ग भटक जाते हैं। मन अस्थिर अवस्था है, इसको सही दिशा में लगानेवाला व्यक्ति सफलता के शिखर पर पहुँच जाता है, लेकिन संकट इस बात का है कि हमारा मन ही नियंत्रित नहीं हो पाता है, क्योंकि आदिकाल से इस बात की मान्यता है कि मन सबसे तेज गति से परिवर्तित होनेवाली अवस्था है।

आधुनिक दौर में जब हमने सोशल मीडिया के माध्यम को अपना लिया है तो इस बात में इंच मात्र भी शक नहीं है कि हमने तीव्रता को पूरा खुला आसमान दे दिया है, ऐसे में मन को नियंत्रण में नहीं किया जा सकता, बल्कि उसको सही दिशा दी जा सकती है। अब सवाल यह उठता है कि अस्थिर मन को एक दिशा में लगाया कैसे जाए, तो मैंने अपने जीवन के अनुभवों के आधार पर पाया कि कर्म पर नियंत्रण कर मन को सही दिशा में लगाया जा सकता है।

कर्म पर नियंत्रण का सीधा संबंध कर्म के निर्धारण से शुरू होता है और उसी पर आगे बढ़ने से गतिमान होता है। अब आप कहें कि कर्म का निर्धारण कर देने मात्र से ही मन सही दिशा में नहीं लग पाता तो आप सही हैं, क्योंकि इसके लिए लक्ष्य बड़ा करना होगा, एक लंबी कार्य-योजना बनानी पड़ेगी, उसकी भी छोटी-छोटी योजना बनानी पड़ेगी, समवैचारिक सहयोगियों का समूह बनाना पड़ेगा। तब जाकर लक्ष्य के प्रति आपके समर्पण भाव का जागरण होगा, कर्म का नियंत्रण होगा और मन अपने आप सही दिशा में लग जाएगा।

□

सफलता की संतुष्टि

"कड़ी मेहनत, प्रतिबद्धता एवं समर्पण के साथ किए गए कर्म से प्राप्त सफलता ही व्यक्ति को संतुष्ट करती है।"

सफलता और उसकी संतुष्टि दोनों अलग-अलग अवस्था हैं। सफल व्यक्ति संतुष्ट हो यह आवश्यक नहीं है, फिर भी हम उसकी कोशिश कर सकते हैं। अप्राप्त की अपेक्षा प्राप्त से संतुष्ट होना ज्यादा बेहतर होता है। व्यक्ति अपने जीवन में लक्ष्य निर्धारण के बाद पूरे मनोयोग से कड़ी मेहनत, प्रतिबद्धता और समर्पण से काम करें तो सफलता निश्चित मिलती है और बहुप्रतीक्षित सफलता जब नियोजित अवस्था में आती है तो यह संतुष्टि को अपने साथ स्वयं लेकर आती है।

सफलता के मापदंड का कोई स्थायी मानक नहीं है, व्यक्ति जिसकी योजना बनाता है, वह योजना जब मूर्त रूप लेती है, तब वह उसकी सफलता की घोषणा करता है। मूर्त रूप लेने से पूर्व व्यक्ति संतुष्टि की कल्पना ही नहीं करता है, क्योंकि जब व्यक्ति सफलता-असफलता में उलझा रहता है, तब तक संतुष्टि का विषय लाना ही बेईमानी है, वह अपने कार्यों की समीक्षा करता है और स्वयं की योजना के मुताबिक कर्म करने के उपरांत यदि व्यक्ति स्वयं अपने प्रश्नों का उत्तर देने में सक्षम है तो वह सफल है और यह सफलता ही उसकी संतुष्टि है।

व्यक्ति चाहे जिस कार्य को करता रहे, बढ़ता रहे, बस ध्यान यह देना चाहिए कि वह क्या अपने बनाए अनुशासन का पालन कर रहा है ? योजना

जो उसने बनाई थी, क्या वह उस पर चल रहा है? उसे स्वयं से यह प्रश्न निरंतर करते रहना चाहिए और दैनिक क्रियाओं की समीक्षात्मक प्रश्नोत्तरी तैयार करनी चाहिए और यह करते हुए, यदि वह अपने मन में उठ रहे स्वयं के प्रश्नों के उत्तर से संतुष्ट है तो वह सफल है।

इस कथन का आशय यह है कि व्यक्ति की सफलता से ज्यादा महत्त्वपूर्ण है उसकी संतुष्टि और संतुष्टि का एक माध्यम है—स्वयं को निरुत्तर करना, मन के वेग को सही दिशा में लगाना, शरीर को उपयुक्त कार्यों के लिए प्रेरित करना और यह सारे कार्य संदेह में नहीं हो सकते हैं। इसके लिए हमें अपने मन में उठ रहे प्रश्नों के उत्तर की ही प्राथमिकता रखनी चाहिए।

आप जब अपने काम से संतुष्ट होते हैं तो आपके आत्मविश्वास और धैर्य दोनों में अकल्पनीय वृद्धि होती है। आत्मविश्वास का तात्पर्य विश्वास की डोर के नियंत्रण से है, अर्थात् आप जिनके साथ भी काम कर रहे हैं, उनकी दक्षता पर विश्वास ही आपका आत्मविश्वास है। धैर्य सफलता के मूल मंत्रों में से एक है और इन दोनों की उपस्थिति के बिना सामाजिक जीवन संभव ही नहीं है। इनके भंडारण का मात्र एक तरीका है—स्वयं को संदेह में न रखकर लक्ष्य की ओर गतिमान रखना। इसके लिए हमें मानसिक रूप से योद्धा की तरह विकल्पहीनता के साथ मात्र युद्ध में विजय का लक्ष्य लेकर निकलना पड़े, ऐसी तैयारी रखनी चाहिए।

□

उपलब्धि

"उपलब्धि का मापदंड सिर्फ सफलता ही नहीं है, सार्थक प्रयासों के मार्ग में प्राप्त असफलता भी उपलब्धि है।"

व्यक्ति के जीवन में जब कोई सफलता मिलती है अथवा सार्थक उल्लेखनीय असफलता मिलती है, दोनों ही दशा में वह उपलब्धि होती है। उपलब्धि तार्किक, आंकिक, साहित्यिक, ऐतिहासिक चाहे जिस रूप में हो, यह उसे प्रसिद्धि देती है। विशेषकर जब उसके कड़े संघर्ष के परिणामस्वरूप उपलब्धि उसे मिलती है तो यह व्यक्ति को और उसके शुभचिंतकों को खुशी देती है और इस उपलब्धि में उनका हृदयतल से खुश होना भी एक उपलब्धि के रूप में दर्ज होता है। उपलब्धि अनंत होती है। यह व्यक्ति के रहने पर जितना प्रासंगिक होती है, उससे कहीं अधिक उसके न रहने पर भी होती है। अब निर्धारण यह करना होता है कि व्यक्ति की उपलब्धि का दर्शन वर्तमान में कितना प्रासंगिक है।

व्यक्ति का सफल होना एक उपलब्धि है, जोकि उसकी उपलब्धि मात्र सफलता तक सीमित नहीं है। इस कथन का तात्पर्य यह है कि व्यक्ति के जीवन का हर क्षण उसे उपलब्धि देता है, अब तय यह करना है कि व्यक्ति की उपलब्धि का मापदंड क्या है। रावण की उपलब्धि यह रही कि वह प्रभु श्रीराम के हाथों हार गए अथवा परमगति को प्राप्त हुए। वैसे तो अभिशाप नकारात्मक होता है, लेकिन जब अभिशाप ही वरदान का काम करते हैं तो ऐसे समय में हम अभिशाप को भी उपलब्धि मानते हैं। यहाँ यह भी कह सकते हैं

कि व्यक्ति को उपलब्धि के अवसरों पर काम करने की आवश्यकता है और अपने को उपलब्धि के अनुकूल बना ले तो व्यक्ति का हर क्षण उपलब्धि है।

प्राय: उपलब्धि को व्यक्ति दो तरीकों से देखता है—पहला, अपने कर्मों का फल और दूसरा, किसी पर प्राप्त विजय। सामान्य धारणा में किसी योजना के आंशिक भाग के पूर्ण होने को वह उपलब्धि मानता है तो कभी वह प्रयासों की सार्थकता को ही उपलब्धि मानता है। बहुत बार ऐसा देखा गया है कि हम आपसी विवाद अथवा किसी भी प्रकार की द्विपक्षीय लड़ाई में स्वयं की विजय को भी उपलब्धि मानते हैं। यहाँ उपलब्धि को परिभाषित करने के बहुत उदाहरण एवं तथ्य हैं। हमारा अनुभव यह कहता है कि जीत-हार, सफलता-असफलता के ऊपर प्रयासों की सार्थकता ही उपलब्धि है।

□

भाव का नियंत्रण

"व्यक्ति की भाषा, उसका लहजा एवं बोली अनियंत्रित होते हैं। इनका नियंत्रण मात्र भाव पर नियंत्रण से ही संभव है।"

व्यक्ति का जीवन भावनाओं से भरा हुआ होता है। जिस प्रकार एक सिनेमा का क्षण-क्षण भावपूर्ण होता है, ठीक उसी प्रकार जिंदगी का एक-एक पल विविध भावनाओं का भंडार होता है। यहाँ व्यक्ति को सुबह से लेकर रात तक परिवार, समाज में अलग-अलग लोगों से मिलना पड़ता है, सबके साथ उसके अपने रिश्ते हैं और उन रिश्तों के अलग-अलग भाव होते हैं। उसका व्यवहार, भाषा, लहजा एवं बोली उसी भाव के हिसाब से बदलते जाते हैं।

व्यक्ति किसी के साथ अच्छा व्यवहार करता है तो किसी को उसका व्यवहार पसंद नहीं आता है। अब ऐसे में वह प्रयास करके भी उसे संतुष्ट नहीं कर सकता, क्योंकि प्राय: व्यक्ति का व्यवहार उसी को बुरा लगता है, जिसके व्यवहार से वह स्वयं भी दु:खी होता है और यह भाव की प्रधानता के कारण होता है। यहाँ एक बात बिल्कुल स्पष्ट हो गई कि व्यक्ति के आचरण का आधार उसका भाव है और यदि वह चाहे तो अपने भाव का नियंत्रण कर अपने व्यवहार, बोली, लहजा एवं भाषा से सबको प्रभावित कर सकता है।

व्यक्ति के व्यक्तिगत जीवन में भी भाव के नियंत्रण का बहुत प्रभाव है। निर्णय लेना सबसे आसान तब होता है, जब निर्णय पर सवाल खड़ा करनेवाला

कोई नहीं हो अथवा सवाल खड़ा करनेवालों का कोई महत्त्व न हो। व्यक्ति अपने परिवार का निर्णायक होता है। तब वह सारे फैसले स्वयं के हित में नहीं ले सकता, क्योंकि स्वयं उसका भाव परिवार के प्रति पहले और व्यक्ति के प्रति बाद में आता है, यहाँ यह सिर्फ भाव के नियंत्रण से ही संभव है, क्योंकि भाव के नियंत्रण से ही वह व्यक्ति की महत्ता से ज्यादा परिवार को महत्ता देता है।

□

अभिमान

"व्यक्ति को अपने होने का अभिमान होना चाहिए, लेकिन यह ध्यान रखना चाहिए कि उसके अभिमान से मान-सम्मान और स्वाभिमान का अस्तित्व ही न समाप्त हो जाए।"

मैं हूँ, मैं हूँ न, मैं हूँ तो क्या गम है? जैसे शब्द जब किसी असहाय, लाचार और बेसहारा आदमी को मिलते हैं तो उसे अंधे को लाठी मिलने से कम अहसास नहीं कराते हैं। जरूरतमंद व्यक्ति दुनिया का सबसे योग्य पुरुष उसको मानता है, जो उसकी जरूरतों का साथी हो, ऐसे ही हमें अभिमान तब करना चाहिए, जब किसी व्यक्ति को हमारे होने का अभिमान हो। व्यक्ति को उसके होने का अभिमान इसलिए भी होना चाहिए कि यह पूरा संसार उसे जानता है तो उसका सिर्फ एक कारण है कि वह एक व्यक्ति है, उसमें जान है, उसमें संभावनाएँ हैं, अर्थात् व्यक्ति को स्वयं के व्यक्तित्व निर्धारण का अभिमान होना चाहिए। व्यक्ति को हर उस स्थिति का अभिमान होना चाहिए, जब वह कोई ऐसा कार्य करता है, जिससे संपूर्ण समाज उसके ऊपर अभिमान करता है।

व्यक्ति को यह ध्यान रखना चाहिए कि शब्दकोष में एक शब्द से हजारों शब्दों का निर्माण होता है। ऐसे ही अभिमान से पहले और बाद दोनों स्थितियों में मान-सम्मान और स्वाभिमान शब्द भी अपना महत्त्व बनाए रखते हैं। इनका महत्त्व इसलिए अभिमान से ज्यादा है, क्योंकि ये किसी भी दशा में स्वयं की

शक्ति का बोध नहीं कराते हैं, बल्कि अभिमान को भी मान-सम्मान देते हैं। व्यक्ति इन सभी शब्दों को ठीक से परिभाषित कर ले और उसको आत्मसात् कर ले, तो हम और हमारे की भावना का जागरण करके वह जीवन में संतुलन स्थापित कर सकता है।

स्वाभिमान और अभिमान के बीच बहुत ही पतली रेखा होती है। यह रेखा इन दोनों के बारीक अंतर को दरशाती है और इसी रेखा के नियंत्रण से हम अभिमान को नियंत्रित कर सकते हैं।

व्यक्ति अपना निर्माण मैं से करे और स्वभाव में हम को धारण कर ले तो यह धारणा उसे गौरवान्वित कर देगी। उसका अभिमान हमेशा उसके स्वाभिमान से परिभाषित होकर एक नई परिपाटी का द्योतक बनेगा। हमें सदैव इस बात का ध्यान रखना होगा कि अभिमान के सभी कारक मान-सम्मान प्राप्ति के समय उसके साथ ही हमारे स्वभाव में प्रवेश करते हैं। यदि व्यक्ति इसके प्रवेश के समय ही इसकी नियति तय कर दे तो यह सदैव व्यक्ति को उसके होने का अभिमान कराते रहेंगे।

□

पराजय

*"जय और पराजय दोनों वीरों के हिस्से में आती हैं।
व्यक्ति स्वयं के विचारों से पराजित न हो
तो उसकी सदैव जय ही होती है।"*

'वीर भोग्या वसुंधरा', जब बात जय-पराजय की हो तो यह कथन सहसा हमारे ध्यान में आना स्वाभाविक है। धरती पर स्वर्ग की अनुभूति हमारी वसुंधरा पर उपस्थित वीर ही करते हैं। वीरों में काफी प्रतिस्पर्धा होती है और यह प्रतिस्पर्धा उनके वैचारिक कौशल, युद्ध कौशल एवं तकनीकी कौशल को और प्रखर बनाने के लिए होती है। यहाँ सबसे महत्त्वपूर्ण बात यह होती है कि किसी भी प्रतियोगिता में भाग लेनेवाले व्यक्ति की क्षमता उसके प्रतिस्पर्धी के आसपास ही होती है। बहुत सी ऐसी प्रतियोगिताएँ हैं, जिनमें प्रतिभागी के रूप में चयन ही यश, कीर्ति एवं जय का सूचक है, अर्थात् पराजय भी वीरों के ही हिस्से में आती है। व्यक्ति को जय से जितनी सीख मिलती है, उससे कहीं ज्यादा पराजय से वह अनुभव ले सकता है। पराजय शब्द में ही जय शब्द छिपा हुआ है, अर्थात् पराजय ही जय का मार्ग प्रशस्त करती है।

व्यक्ति के जीवन की परिस्थितियाँ सदैव ही परिवर्तनशील होती हैं। जिन परिस्थितियों से वह घबराने लगता है, वही परिस्थितियाँ कभी-कभी उसके मन की शांति का भी कारण बनती हैं। व्यक्ति प्राय: अंतर्द्वंद्व में फँसा रहता है, वह हर पहलू पर अपने ही विचारों से सहमत नहीं हो पाता है। वह वैचारिक

समीक्षा भी चाहता है, यह उसका सद्गुण भी हो सकता है और उसका दुर्गुण भी। यहाँ जय-पराजय की कल्पना भी नहीं हो सकती, क्योंकि यह पूर्णतया उसके ऊपर निर्भर करता है कि वह क्या सोच रहा है ? हम चाहे जिस निर्णय पर पहुँचे, वहाँ किसी एक विचार की जय तथा दूसरे की पराजय होती है।

वैचारिक समूहों में एक बड़ी ध्यान देनेवाली दिलचस्प बात होती है, यहाँ शून्य से लेकर शिखर तक जो भी वार्त्तालाप होता है, वहाँ से दर्शन निश्चित मिलता है, यह दर्शन हमें वैचारिक शक्ति प्रदान करता है, लेकिन वही विचार लेकर जब व्यक्ति युद्ध के मैदान में, व्यावसायिक गतिविधियों में, अपने दुर्गुणों के खिलाफ लड़ाई में, नियंत्रण की दिशा में जाता है तो उसे अपने ही विचार से लड़ना पड़ता है। यहाँ व्यक्ति द्वारा पूर्व में निर्धारित स्वनिर्धारित दायित्व के सापेक्ष व्यक्तित्व के सापेक्ष एवं राष्ट्रहितों की प्राथमिकता को आधार बनाकर निर्णय करना होता है। व्यक्ति रणनीति में असफल भी तो हो सकते हैं और किसी-न-किसी की रणनीति तो असफल होनी ही है। नीतियों के असफल होने से हमारे विचारों पर कोई फर्क न पड़े और हमारे मन मस्तिष्क में राष्ट्रवादी विचारों का अंकुरण सदैव होता रहे तो व्यक्ति के विचार कभी पराजित नहीं होंगे। व्यक्ति का विचार पराजित न हो तो उसकी सदा जय ही होती है।

□

परख

"व्यक्ति की परख का आधार उसका कार्य नहीं, बल्कि उसकी कार्यशैली होनी चाहिए, क्योंकि कार्यशैली व्यक्ति की प्रकृति का परिचय कराती है।"

सामान्य जीवन में किसी वस्तु अथवा व्यक्ति के गुण दोषों का पता लगाने, उसकी विवेचना कर उसको समझने की कला को परख कहते हैं। जब हम किसी व्यक्ति से संबंध स्थापित करने का निर्णय करते हैं, उससे पहले हमें उस व्यक्ति की परख निश्चित करनी चाहिए। हम भाववाद की प्रधानता से जान-पहचान बनाते हैं, मेल-जोल बढ़ाते हैं, एक-दूसरे को समझते हैं, अपने अनुभवों से उसके अंदर के विश्वास की डोर को अपने हाथों में पकड़ते हैं और यदि उस डोर का धागा पवित्र विश्वास का धागा है, तब विश्वास को हम संबंधों में परिवर्तित करते हैं। इन सभी प्रक्रियाओं से हम व्यक्ति की परख करते हैं।

अपने पूर्वजों से हमने बचपन में एक कहावत सुनी थी—'रुपया परखे घड़ी-घड़ी, आदमी परखे एक घड़ी।' इसका आशय यह है कि हमें रुपए की असलियत को हर बार परखना चाहिए वह खोटा हो सकता है। हमें व्यक्ति की परख एक बार में ही करनी चाहिए, क्योंकि व्यक्ति का व्यक्तित्व नियमित बदलता नहीं है, अर्थात् नित नए व्यक्तियों से संबंध स्थापित करने से बेहतर है कि हम परखकर ही व्यक्ति को अपने जीवन में महत्त्व दे।

कभी-कभी परख करते समय हम शंकालु प्रवृत्ति का अधिमान अपने

ऊपर कर लेते हैं, जबकि हमें परख का मूल विवेचक होना है, न कि शंकालु होना है। दुनिया संबंधों का मायाजाल है, जिसमें ऊपर वाले की माया से जाल हमें बुनना होता है। हम संबंधों के जाल से अपना सामाजिक संसार स्थापित करते हैं और वही संबंध बहुत हद तक हमारा परिचय कराता है। हमारा परिचय हमारे व्यक्तित्व का प्रमुख अंग होता है। हमें अपने व्यक्तित्व की प्रधानता को ध्यान में रखते हुए परख करने की क्षमता को अपने मूल स्वभाव में धारण करना चाहिए।

□

पुनरुत्थान

"मृतमान शरीर के लिए संजीवनी जितनी महत्त्वपूर्ण है,
उससे कहीं ज्यादा आवश्यक है
श्रेष्ठ विचारों का पुनरुत्थान होना।"

व्यक्ति का विचार उसके व्यक्तित्व का निर्धारण करता है। उसके श्रेष्ठ विचार जीवन में सदैव सकारात्मक परिधि बनाए रखते हैं। यह परिधि उसके व्यक्तित्व का कवच-कुंडल तो है, लेकिन समय के साथ उसकी आवश्यक आवश्यकताएँ उसके विचारों को कमजोर करने लगती हैं। व्यक्ति यह जानता है कि आवश्यकता पूर्ति के लिए होनेवाले समझौते उसके लक्ष्य के लिए अल्पकालिक हितकारी हैं और उन सारे समझौतों की योजना उसने नहीं की थी, फिर भी वह उसके लिए तैयार होता है, क्योंकि यही उस समय की माँग होती है। व्यक्ति यह तय नहीं कर पाता है कि उसे किसके हित में समझौता करना है। यहाँ यह सिद्ध जरूर होता है कि उसने अपने लक्ष्य को बचा लिया है एवं उसके विचारों को नष्ट नहीं किया है। वह फिर से श्रेष्ठ विचारों के साथ काम शुरू करना चाहता है। व्यक्ति की फिर से शुरुआत करने की चाह उसका उत्थान करती है और हम इसे श्रेष्ठ विचारों का पुनरुत्थान कहते हैं।

पुनरुत्थान व्यक्ति के जीवित विचारों से ही संभव है। वह चाहे जिस परिस्थिति में रहे, उसके विचार श्रेष्ठ होने चाहिए, उसके विचार किसी भी दशा में मृत नहीं होने चाहिए। उसका शरीर चाहे जैसा हो, उसकी दशा चाहे

जैसी हो, परंतु उसका मस्तिष्क उसके पवित्र विचारों से स्वस्थ रहता है तो वह अपने पुनरुत्थान की कल्पना को जीवित रखता है और इन कल्पनाओं का जीवन ही तो जीवन का पुनरुत्थान है। व्यक्ति का जीवन विविधताओं का केंद्र है, यहाँ वैचारिक क्रांति सर्वोपरि क्रांति के रूप में रही है, जिससे समवैचारिक परिवार का निर्माण होता है, यह निर्माण व्यक्ति का निर्माण-काल भी होता है और यही निर्माण का पुनरुत्थान भी है।

□

सामाजिक व्यक्तित्व

"व्यक्तियों के समूह को समाज कहते हैं और समाज के सभी कर्तव्य एवं दायित्वों का बोध रखनेवाला व्यक्ति ही सामाजिक व्यक्तित्व होता है।"

"व्यक्ति समाज का निर्माण करता है और वही समाज व्यक्ति के व्यक्तित्व का निर्माण करता है।" समाज की कल्पना करते ही असीमित चेहरे हमारे ध्यान में आ जाते हैं। यह जरूरी नहीं कि सारे चेहरे हमारी पसंद के हों, ये हमारी नापसंद के भी हो सकते हैं। अब जब हम घर से निकलकर पहली बार इस अनजाने समाज में शामिल होते हैं, तो यही वक्त होता है हमारे समाज की स्थापना का और जिस समाज की परिधि में व्यक्ति स्वयं को ढालता है, वही समाज व्यक्ति का व्यक्तित्व तय करता है। समाज के लिए किया गया कार्य उसका कर्तव्य तथा उसको पूर्ण करना हमारा उसका हो जाता है। इस कर्तव्य एवं दायित्व को पूर्ण करनेवाले व्यक्ति का व्यक्तित्व सामाजिक व्यक्तित्व कहलाता है।

समाज वह प्रयोगशाला है, जिसकी प्रायोगिकता नित नए आविष्कार करती रहती है। यही आविष्कार सिद्धांत बनते हैं और आपके जीवन में यही सिद्धांत उपयोगी होते हैं। हर पल एक नया अनुभव हमें मिलता रहता है, सबकी समस्याओं के समाधान के प्रति समवैचारिकता के समावेश से प्रतिदिन नए-नए तरीकों का आविष्कार होता रहता है।

'मुण्डे मुण्डे मतिभिन्नाह' हमारे बाद हमसे मिलनेवाले हर पारिवारिक,

सामाजिक, सांसारिक व्यक्ति की मति अर्थात् विचार प्रायः अलग ही होता है, ऐसी मान्यता है। ऐसे में जब हम सामूहिक समझ के साथ सामाजिक जीवन का निर्वहन करते हैं, तब निश्चित ही हम कर्तव्यपरायणता के दायित्व के साथ सामाजिक व्यक्तित्व का निर्माण करते हैं।

□

विशाल व्यक्तित्व

"व्यक्तित्व की विशालता की कोई सीमा नहीं होती, यह सदैव असीमित होता है।"

निश्छलता, निस्पृहता, निष्कपटता की त्रिवेणी में गोता लगानेवाला व्यक्ति, इच्छा, लोभ, आकांक्षा, वासना से रहित विचारधारा का स्वामी, जब क्षमा करने अथवा क्षमा माँगने में पल भर की भी देर नहीं लगाता, तो उस समय उसके व्यक्तित्व में असीमित विशालता का पदार्पण होता है और तब इस सिद्धांत का प्रतिपादन भी होता है कि व्यक्तित्व की विशालता असीमित होती है, क्योंकि सामाजिक उद्दंडता से घिरे होते हुए भी उदारता की प्रतिमूर्ति के चरित्र का संवाहक कोई विशाल हृदय का व्यक्तित्व ही हो सकता है।

व्यक्तित्व की विशालता का कोई मापदंड नहीं होता, इसकी कोई सीमा नहीं होती है। इस कथन से अभिप्राय है कि जब हम किसी व्यक्ति के व्यक्तित्व की विशालता पर प्रकाश डालते हैं तो आप बड़े ही साधारण शब्दों में कहते हैं कि ईश्वर आपका व्यक्तित्व सागर-सा विशाल बनाए। साधारण-सा दिखनेवाला व्यक्ति जब महान् कार्यों को करता है तो उस व्यक्ति को देखने का दृष्टिकोण ही तो है, जो उस साधारण व्यक्ति के लिए कलमकार से असाधारण व्यक्तित्व लिखवा देता है।

हमारे व्यक्तित्व को हम किसी एक दिशा में निखार सकते हैं, जबकि उसी दिशा में सहृदयता के साथ पूरे मनोयोग से काम करके हम उसकी विशालता का नया संसार बना सकते हैं, अर्थात् व्यक्तित्व की विशालता कुछ और नहीं, बल्कि हम जो कर रहे हैं, उसी में भाव का जागरण करवाकर उसमें प्राण डालना ही विशाल व्यक्तित्व का द्योतक है।

□

समाधान

"समाधान ऐसी अवस्था है, जो कभी पूर्ण होकर स्थायित्व नहीं प्राप्त करती है, अर्थात् समाधान एक अस्थायी व्यवस्था का नाम है।"

समाधान नाम है इत्मीनान का, लड़ाई के अंत का, विवादों के खात्मे का, परेशानियों से छुटकारे का, समस्याओं को कमजोर करने का। ये सभी अवस्थाएँ एक साथ व्यक्ति को तब प्राप्त होती हैं, जब वह समस्या से समाधान की ओर कदम बढ़ा देता है। यही बढ़ते हुए कदम ही प्रथम दृष्ट्या समाधान हैं। समस्या और समाधान एक-दूसरे के पूरक होते हैं। जीवन समस्याओं से घिरा होता है और जीवन-पथ पर ये समस्याएँ व्यक्ति को परिपूर्ण करती जाती हैं। वह जीवन भर समाधान को ढूँढ़ता रहता है और स्थायी समाधान की कल्पना भी करता है। यह अक्षरशः सत्य है कि व्यक्ति समाधान का रास्ता बनाकर उसकी प्रायोगिकता से समस्या को दूर तो कर सकता है, लेकिन वह समस्याओं पर चिरकालिक नियंत्रण कर ले, ऐसा संभव नहीं है।

शिवखेड़ा ने कहा है, "यदि आप किसी समस्या का समाधान नहीं हैं तो आप खुद ही एक समस्या हैं।" इसका सीधा तात्पर्य यह है कि व्यक्ति को स्वयं समस्या के समाधान का अंग होना चाहिए। यदि ऐसा संभव न हो तो कम-से-कम उसे शारीरिक, मानसिक रूप से समस्याओं का समाधान करनेवालों के साथ उनका आत्मबल बनकर खड़े रहना चाहिए। आपने प्रायः यह देखा होगा कि बड़ी-से-बड़ी समस्याएँ सिर्फ समाधान के एक प्रयास में ही खत्म हो जाती हैं।

समाधान अस्थायी अवस्था है, इसका प्रमुख कारण यह है कि व्यक्ति समस्या का समाधान तो कर सकता है, लेकिन उसको स्थायित्व नहीं दे सकता है। जैसे—सड़क के जलभराव की समस्या को दूर करने के लिए समाधान के रूप में नाली बनी और कालांतर में नाली ही समस्या हुई तो समाधान के रूप में ड्रेन बनी, पुनः कालांतर में जमीन के नीचे फिर एस.टी.पी. बनाई गई। ऐसा करके हर समाधान एक नई समस्या के रूप में खड़ा होता रहता है और व्यक्ति इन्हीं समस्याओं के आसपास समाधान को ढूँढ़ता रहता है। व्यक्ति को यहाँ महात्मा गांधी के उस कथन को ध्यान में रखना चाहिए, "आज का समाधान कल की समस्या है।"

□

आपका महत्त्व

"आप महत्त्वपूर्ण हैं, यह कोई बताने नहीं आएगा, बल्कि यह आपको अपने कर्मों से प्रमाणित करना पड़ता है।"

हमारा जन्म सबसे महत्त्वपूर्ण होता है; यह इसलिए होता है, क्योंकि गर्भकाल के समय से ही हमारे सकुशल जन्म की प्रतीक्षा हो रही होती है। हमारे कुशलतापूर्वक जन्म के लिए हर संभव प्रयास हमारे कुटुंब के लोग करते हैं और गाँव, समाज एवं हमारे जाननेवालों के लिए भी यह कौतूहल का विषय होता है। कल्पना करिए कि आपके जीवन में इतना वात्सल्यपूर्ण महत्त्व फिर कभी नहीं होता है।

कुछ समय बाद हम युवा होते हैं और वही सारे लोग जो अजनमे बच्चे को महत्त्वपूर्ण बनाते हैं, जिनके वात्सल्य से हम प्रश्नों को सहने की क्षमता के योग्य बने होते हैं, वही आपके महत्त्व का सवाल भी खड़ा करते हैं। प्राय: स्वयं के परिवार से ज्यादा वह आपका महत्त्व समझना चाहते हैं, वास्तव में जिन्हें आपके महत्त्व से कोई मतलब ही नहीं है। योग्यता पर प्रश्नचिह्न खड़ा करना जिनका स्वभाव बन चुका है, जिन्होंने सवालों को ही अपना हमसफर चुना है, महत्त्वहीन समाज की स्थापना में जिन्होंने अपना सर्वस्व न्योछावर कर दिया है। ऐसे समाज में आप उम्मीद करते हैं कि आपको समझा जाएगा तो आपकी भूल है, बल्कि इसके उलट आपको उन प्रश्नों का उत्तर अपने कर्मों से देकर अपने आप को प्रमाणित करना होता है। प्रश्न करने वाली यह

प्रमाणन इकाई जब आपको स्वीकार करती है तो फिर से आपको वात्सल्य के साथ महत्त्वपूर्ण बना देती है।

समाज में एक प्रश्न हमेशा खड़ा रहता है कि आपके साथ कौन-कौन सहयोगी अथवा हमसफर के रूप में हैं। उनकी समीक्षा से भी आपकी समीक्षा होती है, ऐसे में आपको अपनी नीति, सिद्धांतों को अपना साथी बनाना चाहिए और महत्त्व भी उसके अनुपालन करनेवालों को ही देना चाहिए। आधुनिक समाज में महत्त्वपूर्ण यह नहीं कि आपके साथ कौन है या कौन नहीं है, बल्कि महत्त्वपूर्ण यह है कि आप किसके साथ हैं।

□

श्रेयस्कर कृतज्ञता

"कृतज्ञता का बोध हमें ईमानदार एवं साहसी बनाता है, इसलिए हमें श्रेयस्कर नहीं, अपितु कृतज्ञ होना चाहिए।"

आधुनिकता की चकाचौंध हो अथवा सामान्य जीवन, हर प्रकार के व्यक्ति के अंदर श्रेयस्कर होने की होड़ मची हुई है। कभी-कभी तो ऐसी स्थिति उत्पन्न हो जा रही है कि यह तय नहीं हो पाता कि हम श्रेय किसे दें, क्योंकि श्रेयस्कर होड़ में वह सभी खड़े हैं, जिनसे श्रेयस्कर विषय वस्तु की चर्चा मात्र भी हमने की थी। ऐसी स्थिति में हमें उन पर कोई सवाल नहीं खड़ा करना चाहिए, बल्कि हमारे अंदर कृतज्ञता का बोध होना चाहिए। हम उन सबसे अपनी कृतज्ञता प्रकट करें, जिन्हें हमसे श्रेय लेने की अपेक्षा है। सामान्य जीवन में कृतज्ञ होना भी सरल नहीं है, दैनिक बदलती आस्थाओं में खुद को अनुगृहीत रखना कठिन कार्य है, लेकिन मूल स्वभाव में इसे धारण करना हमारे संबल का द्योतक है।

व्यक्ति के दैनिक जीवन में सहयोग करनेवाले उसके सहयोगी हों या कोई और हर कोई यही चाहता है कि उसकी प्रशंसा समाज में होती रहे। कम-से-कम इतनी अपेक्षा तो निश्चित ही रहती है कि उसके द्वारा कृत सहयोग अथवा सत्कर्मों की चर्चा निश्चित हो। हो सकता है कि बहुत सारे लोग यह न भी चाहते हों, लेकिन बहुतायत व्यक्तियों का मानव स्वभाव यही है। अब हम सबको भी यहाँ अनुगृहीत रहने के स्वभाव का पालन करते हुए उनकी संभव प्रशंसा करनी चाहिए, किंतु यह ध्यान निश्चित रखना चाहिए कि हमारा

आचरण अपने मूल स्वभाव के अनुरूप ही रखना हितकर होता है।

कृतज्ञता ऐसा सद्गुण है, जिसका पालन पूर्णतया उसके स्वभाव के अनुकूल करने पर हमारे अंदर संतुष्टि के भाव का बोध होता है। यह संतुष्टि हमारे अंदर असीम ऊर्जा का संचार करती है और यह संचार हमारे अंदर ईमानदारी एवं साहस उत्पन्न करता है, जिससे हम सही को सही और गलत को गलत कहने की हिम्मत जुटा पाते हैं अर्थात् स्वयं को परोपकार से अनुगृहीत करना शील को संबल बनाकर सत्य के मार्ग पर चलने के लिए प्रेरित करने के बराबर है।

□

व्यवस्था एवं व्यवस्थापक

"व्यवस्था एवं व्यवस्थापक में मूल अंतर यह है कि व्यवस्था का निर्माण किया जा सकता है, जबकि व्यवस्थापक का निर्माण स्वयं द्वारा परिस्थितियों पर नियंत्रण से ही संभव है।"

संसार की सभी अवस्थाएँ एक व्यवस्था से संचालित होती हैं और हर व्यवस्था का एक व्यवस्थापक होता है। हम जब किसी कार्य, इच्छा अथवा मन में उठते विचारों को पूर्ण करने का दंभ भरते हैं तो सबसे पहले हमें योजक की योजना से व्यवस्था का निर्माण करना पड़ता है। व्यवस्था बनाने में हमें अत्यंत सावधानी बरतनी पड़ती है, हर छोटी-बड़ी जिम्मेदारी को तय करना एवं उसको पूर्ण करने के लिए सही व्यक्ति का चयन करना यह सबसे जटिल काररवाई होती है। इस तारतम्यता को कुशलता से पूर्ण करनेवाला व्यक्ति ही व्यवस्थापक कहलाता है। व्यक्ति को जीवन में बहुत बार बहुत सी व्यवस्थाएँ करनी पड़ती हैं और वह उन व्यवस्थाओं को अनुबंध प्रथा से कराने का प्रयास करता है और सफल हो जाता है। संभवतः आप नहीं जानते होंगे कि व्यक्ति वह व्यवस्था मात्र इसलिए अनुबंध पर कराता है, क्योंकि उसने सामान्य जीवन में उसे व्यवस्था करने का जो अभ्यास करना चाहिए, वह अभ्यास उसने नहीं किया।

सामूहिक परिवारों में मालिक प्रथा चला करती थी और वह प्रथा उम्र के हिसाब से नहीं चलती थी, बल्कि पारिवारिक जरूरतों को पूर्ण करनेवाली

व्यवस्था करने की दक्षता क्षमता रखना ही मालिक का मापदंड था। उस समय भी व्यवस्थापक तय करने का यही मानक था कि व्यवस्थापक का निर्माण नहीं किया जाता, अपितु व्यवस्थापक का निर्माण स्वयं के द्वारा परिस्थितियों पर नियंत्रण से ही संभव है।

व्यवस्थापक का जीवन अत्यंत ही दोषपूर्ण होता है। यह दोष उसके किसी पक्षपात अथवा स्वयं की गलती का नहीं, अपितु संपूर्ण व्यवस्था के संचालन में किसी भी प्रकार का दोष व्यवस्थापक का दोष होता है। हमें सामान्य जीवन में ऐसे सभी अभ्यास करने चाहिए, जिन्हें हम आसानी से कर सकते हैं, जबकि इसके उलट समाज में यह भाव आ गया है कि अपने हिस्से के कार्य को पूर्ण करना ही अपने को संपूर्ण मानने का बोध करा रहा है। व्यवस्था के अंतर्गत काम करनेवाले सभी साथी पूरी व्यवस्था को अपना समझें एवं बिना किसी भेदभाव के उसको पूर्ण करने में व्यवस्थापक के निर्देश पर संपूर्ण ऊर्जा से काम करें, यही व्यवस्था एवं व्यवस्थापक की सार्थकता है।

□

समवैचारिक परिवार एवं नेतृत्व का आदर्श

"परिस्थितियों को समय पर छोड़ने से नियंत्रण के सारे रास्ते बंद हो जाते हैं, जबकि नीति और सिद्धांत सदैव सफलता के शिखर पर ले जाते हैं।"

जब व्यक्ति निर्माण-काल में संघर्ष कर रहा होता है तो उस कालखंड में उसके साथ कुछ अपने खड़े रहते हैं तो कुछ खिलाफ होते हैं। इन बनते-बिगड़ते रिश्तों के दौर में अचानक से कई नए दोस्त और सहयोगी उसके सहयोग के लिए अपना सर्वस्व न्योछावर करने को तैयार हो जाते हैं, वे दिन-रात साए की तरह साथ देने लगते हैं। इसी समय शुरू होती है नीति सिद्धांत और आदर्शवादिता बनाने की परिपाटी और हमारा साथ देने के लिए जो नया परिवार बनता है, उसे समवैचारिकता का परिवार कहा जाता है।

हम सब साफ नियति से नीति पर चलते हुए, अथक परिश्रम से वह सबकुछ हासिल कर लेते हैं, जिसे प्रथम दृष्टया पाने की तमन्ना हमारे दिल में रहती है, लेकिन जैसे ही हम लक्ष्य को प्राप्त कर लेते हैं, वैसे ही हमारे परिवार में अपेक्षा नाम का ग्रहण लग जाता है। यह ग्रहण आवश्यक है। नेतृत्व इन अपेक्षाओं पर खरा उतरना भी चाहता है, वह जानता है कि इसकी स्वस्थ प्रतिस्पर्धा विकास का परिचायक बन सकती है, लेकिन एक-दूसरे की उपेक्षा कर आगे बढ़ने की नकारात्मक होड़ एक-दूसरे को समाप्त करने को तत्पर हो जाती है। संकट तो तब खड़ा हो जाता है, जब नेतृत्व करनेवाला ही अपने को असहज और लाचार महसूस करने लगता है। लाभ-हानि को ध्यान

में रखकर किसको खुश करूँ और किसको नाराज के सवालों में उलझकर सब ठीक हो जाएगा, ऐसा विचार मन में रखकर वह परिस्थितियों को समय पर छोड़ देता है, ठीक इसी समय सबको साथ लेकर चलने की सकारात्मक सोच ही बाधा बनकर खड़ी हो जाती है। वह चाहते हुए भी सही को सही और गलत को गलत कहने का साहस नहीं जुटा पाता है। तब शुरू होता है बिखराव का दौर, जो फिर बनते-गिड़ते रिश्तों के बीच उलझकर रह जाता है। ऐसा नहीं कि यह समस्या किसी व्यक्ति विशेष की है, बल्कि यह समस्या प्रत्येक सफल इनसान की है। ऐसी स्थिति में यहाँ दो तरीके की भावनाओं का जन्म होता है—पहली निश्चिंत होकर समय के साथ बिखराव होते अपनी आँखों से देखते हुए अपने लक्ष्य की ओर अग्रसर होना और दूसरा निष्पक्ष होकर बिना डरे नीति और सिद्धांतों को मानक बनाकर सही को सही और गलत को गलत कहकर एक सशक्त समवैचारिक परिवार के साथ आदर्श को प्रस्तुत करना। उपरोक्त दोनों ही परिस्थितियाँ जटिल हैं, लेकिन इनसे पार पाना ही नेतृत्व की कुशलता का आदर्श है।

□

सम्मान

"आपको उनका सम्मान जरूर करना चाहिए, जो आपके कर्मों की गूँज को अनसुना करते हैं। यही वे लोग हैं, जो आपको और अधिक क्षमता से काम करने के लिए प्रेरित करते हैं।"

हमारे मन में सबके प्रति आदर होना चाहिए एवं इसको हमें अपने मूल स्वभाव में धारण करना चाहिए। इसका यह आशय नहीं होना चाहिए कि हम उन सबका भी सम्मान करें, जो हमारे आदर के योग्य नहीं हैं। अब यह परस्पर विरोधी बातें कि सबका सम्मान करते हुए अनादर के पात्र व्यक्तियों का चयन करना कैसे संभव है। वस्तुतः मूल जीवन में सभी हमारे अनुकूल हो, ऐसा संभव नहीं है तो प्रायः ऐसी परिस्थिति उत्पन्न होती है कि हमारे अपने भी हमें स्वीकार नहीं करते, किंतु इसका अर्थ यह नहीं कि वे हमारे आदर के पात्र नहीं, क्योंकि उनका अभिप्राय आपको अस्वीकार करने का नहीं, बल्कि वह वर्तमान से सशंकित हैं और आपके चट्टान जैसे इरादे से वह परिचित नहीं हैं। ये वही लोग हैं, जो हमें और अधिक क्षमता से काम करने के लिए प्रेरित करते हैं। इसलिए हमें उनका सम्मान जरूर करना चाहिए, जो हमारे कर्मों की गूँज को अनसुना करते हैं।

हमारे मन में एक अभिलाषा स्वतः के सम्मान की भी होती है और प्रायः लोग इसे अपने स्वाभिमान से भी जोड़ लेते हैं। जब हम स्व-आकलन करके पहले ही दिन इसे स्वाभिमान से जोड़कर सम्मान को हिस्सेदारी या आदान-

प्रदान की दृष्टि से देखने लगते हैं तो ठीक उसी समय हम सीमित दायरे का निर्माण करते हैं। हमें सदैव इस बात का ध्यान रखना चाहिए कि संसार को हम बड़ा या छोटा नहीं कर सकते और न ही इसकी परिभाषा बदल सकते हैं। आदिकाल से ऐसी परंपरा रही है कि एक निश्चित संघर्ष एवं योग्यता के बाद यही संसार आपको स्वीकार करता है और ठीक उसी क्षण से आपकी स्वीकार्यता सम्मान में बदल जाती है।

□

सर्वोच्च शिखर

"हमको प्रेम करनेवाले, हमारे प्रति अपना समर्पण रखनेवाले, हमको अपना अगुआ माननेवाले हमारे सहयोगियों का सर्वोच्च शिखर ही हमारा सर्वोच्च शिखर है।"

जब व्यक्ति सर्वोच्च शिखर पर पहुँचने की कोशिश कर रहा हो और वर्तमान के सर्वोच्च की अनुभूति नहीं कर पा रहा हो तो वह सर्वथा गलत दिशा में जा रहा है, क्योंकि व्यक्ति के जीवन का कोई भी सर्वोच्च शिखर नहीं होता, हमेशा वर्तमान से बेहतर भविष्य बनाने की कल्पना प्राप्य से ज्यादा पाने की इच्छा, सबसे आगे पहुँचने की प्रतिस्पर्धा यह सब आपको कभी सर्वोच्च शिखर पर पहुँचने ही नहीं देते।

अत्याधुनिक जीवन-शैली में जब प्रत्येक वर्ष कुछ नया घट रहा हो, इस दौर में किसी भी क्षेत्र का सर्वोच्च शिखर मात्र कल्पना है और स्थायी सर्वोच्च शिखर में विश्वास कर पाना भी संभव नहीं है। मेरा मानना है कि व्यक्ति को सर्वोच्च शिखर की कल्पना करनी चाहिए और उसे प्राप्त करना भी चाहिए, लेकिन जो उसके वर्तमान का सर्वोच्च है, वही उसका शिखर होना चाहिए या यूँ कह सकते हैं कि भविष्य की कल्पनाओं के साथ ही 'जो प्राप्त है, वही पर्याप्त है, का भाव भी होना चाहिए।' यहाँ एक सिद्धांत का भी प्रतिपादन करते हुए मन में ऐसा भाव लाना चाहिए कि 'हमको प्रेम करनेवाले, हमारे साथ

अपना समर्पण रखनेवाले, हमको अपना अगुआ माननेवाले हमारे सहयोगियों का सर्वोच्च शिखर ही हमारा सर्वोच्च शिखर है।'

आप अपने लिए किसी एक शिखर की कल्पना करते हैं, जबकि आपको प्यार करनेवाले आपके लिए दुनिया के विभिन्न सर्वोच्च शिखर की कल्पना करते हैं और वह आपको प्राप्त हो उसकी दुआ भी करते हैं। जब कभी आप रुकते हो तो उनके लिए दुनिया रुक जाती है, जब आप चलते हैं तो वह दुनिया को सिर पर उठाकर चलने के लिए तैयार हो जाते हैं। ऐसा नहीं है कि वह आपके बिना कुछ भी नहीं, बल्कि उन्होंने आपमें ही अपनी दुनिया देखने की आदत डाल ली है। हमें शिखर की तलाश तो करनी चाहिए, लेकिन वर्तमान के सर्वोच्च को नकारना नहीं चाहिए, क्योंकि वर्तमान को नकारकर आज तक न तो कोई जंग जीती जा सकी है, न ही किसी उपलब्धि की कल्पना की जा सकती है, इसलिए हमें इसे स्वीकार करके इनके सम्मान को परम वैभव पर पहुँचाने के लिए इनसे दुआएँ लेकर विश्व विजेता बनने का सर्वोच्च शिखर प्राप्त करना चाहिए।

□

अंतर्मन की संतुष्टि

"स्वयं की स्वयं से आत्मसमीक्षा से संतुष्ट होना ही अंतर्मन की संतुष्टि है।"

व्यक्ति का मन सदैव अपने आप से प्रश्न करता रहता है, कुछ भी करने से पहले अपने आप से ही सवाल करता है और हर सवाल का उत्तर हाँ और ना दोनों में रहता है। ऐसे में समीक्षात्मक उत्तर ही हमें संतुष्ट कर पाता है। यहाँ तक कि नहाने धोने से लेकर कपड़ा पहनने और खाना-पीना जैसे नियमित कार्य हो या व्यवसाय में बड़ा सा बड़ा निर्णय लेना हो, हमारा मन हमें प्रेरित करता है। उन सवालों के उत्तर के बिना आगे न बढ़ने को, जो उसने तुरंत यकायक आपके सामने खड़े कर दिए हैं। ऐसे में उन प्रश्नों का उत्तर ही आपको सुखद निर्णय की ओर ले जाता है।

प्रायः व्यक्ति अपने दैनिक जीवन, सामाजिक जीवन, राजनीतिक जीवन में जब शीर्ष की ओर अग्रमुख होता है, ठीक उसी समय उसे रोकने में असफल लोग उसके हिमायती बनकर उसे यह भी समझाने लगते हैं कि वह गलत रास्ते पर है। उसे जो मिलना चाहिए, वह मिल नहीं पा रहा है या अन्य तरीकों से भी हमेशा उसको यह समझाने का हर संभव प्रयास करते हैं कि वह गलत है और आज का मार्ग तुरंत छोड़कर उसके बताए मार्ग पर चलना चाहिए, जहाँ महज हलकी सी तैलीय सहयोग से वह आसानी से सफल हो सकता है। जब आपके प्रिय साथियों को भी समझाया जा चुका हो कि आप गलत रास्ते पर हैं, तो ऐसे समय में जब वह आपको भी समझाने का प्रयास

करेंगे तो उस समय आपको उन्हें सुनना चाहिए और समझना चाहिए। वे किसी भी परिस्थिति में आपका भला चाहते हैं, इसलिए उनसे ससम्मान सारी बातें सुनकर आत्मसमीक्षा करनी चाहिए, मंथन करना चाहिए और वर्तमान से अच्छे जीवन की कल्पनाओं पर संपूर्ण स्वतंत्रता से विचार करना चाहिए। इन सबके बाद भी यदि आप अपने अंतर्मन में चल रहे प्रश्नों के उत्तर से संतुष्ट हैं तो अपने को सफल मानकर बिना किसी की परवाह करते हुए, बिना यह सोचे कि लोग क्या सोचेंगे, सबको पूर्ण सम्मान देते हुए अपनी मंजिल की ओर आगे बढ़ते रहना चाहिए और यकीन मानिए, यदि आप अपने मन में चल रहे प्रश्नों के उत्तर से संतुष्ट हैं तो आप सफल हैं।

□

समीक्षा

"भौतिकवादी वर्तमान युग में एक जागरूक मनुष्य को दिन भर के अपने कार्यों की समीक्षा अवश्य करनी चाहिए और यह कथन व्यवहार में होना चाहिए कि 'रात्रि समीक्षा की बेला है'।"

व्यक्ति सुबह से शाम तक अपने तय लक्ष्य के प्रति भागमभाग करता रहता है। वह प्रयास करता रहता है अपनी दुनिया बनाने के लिए और इसी प्रयास में वह इतना कुछ खो बैठता है कि उसका दिमाग हमेशा काम में लगा रहता है। आपने सुना होगा कि प्राय: व्यक्ति दिन भर के कार्यों को पूर्ण करके घर पहुँचता है और पहुँचते ही थकान की आगोश में जाकर आराम की बाँहों में इस कदर समा जाता है कि उसे उपस्थित सदस्यों में ही अपनी दुनिया दिखाई देती है। प्राय: व्यक्ति यह कहता है कि हमें बाहर का तनाव घर में नहीं लाना चाहिए और बिल्कुल हमें ऐसा ही करना चाहिए, लेकिन मन:स्थिति ऐसी रखनी चाहिए, जिससे स्वयं को समीक्षक बनाने की अनुकूलता के साथ दिन भर के कार्यों की समीक्षा भी की जा सके। स्मरणशक्ति का विकास करने के लिए शांत वातावरण अत्यंत आवश्यक होता है और समीक्षा करने के लिए स्मरणशक्ति का प्रबल होना आवश्यक है। रात्रिकाल शांति का प्रतीक है और यह शांति भी अपनी विशेष आवाज रखती है। यह आवाज हमें समीक्षा में सहायता करती है, हमें दिन के कार्यों की समीक्षा एवं अगले दिन की योजना रात्रि में ही यह मानकर कर लेनी चाहिए कि 'रात्रि समीक्षा की बेला है।'

समीक्षा करते समय यह ध्यान रखना आवश्यक है कि यह स्वयं से स्वयं की समीक्षा है। इसका वास्तविक स्वरूप में होना ही लाभकारी है। हमें अपने आप को संतोष देनेवाली विवेचना से बचना चाहिए और अपने अनुकूल समय से ज्यादा अपने प्रतिकूल समय के अनुभवों की समीक्षा पर बल देना चाहिए। व्यक्ति के जीवन में नित नए प्रयोग होते हैं, जिससे वह आनेवाली पीढ़ी को कुछ बेहतर दे सकता है, इसके लिए आवश्यक है कि हम उन प्रयोगों की आवश्यक एवं निष्पक्ष समीक्षा करें।

□□□